Deseo™

Un amor impulsivo

CATHERINE MANN

Editado por HARLEQUIN IBÉRICA, S.A.
Núñez de Balboa, 56
28001 Madrid

UN AMOR IMPULSIVO, N.º 1790 - 8.6.11
Título original: His Heir, Her Honor
Publicada originalmente por Silhouette® Books.

I.S.B.N.: 978-84-9000-025-0
Depósito legal: B-11174-2011
Editor responsable: Luis Pugni
Preimpresión y fotomecánica: M.T. Color & Diseño, S.L.
C/ Colquide, 6 portal 2 - 3º H. 28230 Las Rozas (Madrid)
Impresión en Black print CPI (Barcelona)
Fecha impresion para Argentina: 5.12.11
Distribuidor exclusivo para España: LOGISTA
Distribuidor para México: CODIPLYRSA
Distribuidores para Argentina: interior, BERTRAN, S.A.C. Vélez Sársfield, 1950. Cap. Fed./ Buenos Aires y Gran Buenos Aires, VACCARO SÁNCHEZ y Cía, S.A.
Distribuidor para Chile: DISTRIBUIDORA ALFA, S.A.

Capítulo Uno

–Escondan las joyas de la familia, señores –advirtió Lilah Anderson, abriendo la puerta del vestuario de caballeros en el hospital St. Mary's–. Va a entrar una mujer.

Con los tacones de sus zapatos repiqueteando sobre el suelo de baldosas, Lilah pasó al lado de un enfermero que intentó taparse a toda prisa con una toalla. Escuchaba carraspeos, toses y risas a su alrededor, pero eso no la detuvo.

Estaba absolutamente concentrada en encontrarlo a él.

Nadie se atrevió a detenerla mientras pasaba frente a las taquillas porque, como directora del hospital, podría hacer que despidiesen a cualquiera en un segundo.

Su único problema era un empleado particularmente testarudo que parecía decidido a evitarla durante los últimos meses. Por lo tanto, había tenido que ir al único sitio en el que el doctor Carlos Medina de Moncastel tendría que escucharla: los vestuarios del hospital.

Lilah se adentró en el vestuario, con el vapor de las duchas envolviéndola. Wanda, la secretaria de Carlos, le había dicho que no podía hablar con él porque estaba lavándose después de una operación particularmente larga. Estaría agotado y de mal humor.

Sin preocuparse en absoluto, Lilah veía aquello como una oportunidad perfecta para acorralarlo. Ella había crecido con dos hermanos mayores que la habrían ninguneado si no hubiese invadido ocasionalmente sus habitaciones.

Tres de las duchas estaban ocupadas. En la primera había una figura bajita y rechoncha. No era Carlos.

Una cabeza calva asomó en la segunda, apartando la cortina. No, tampoco era el cirujano en cuestión.

–Buenas tardes, Jim –saludó al jefe de pediatría.

Riendo, Jim volvió a meterse en la ducha, de modo que sólo le quedaba la tercera.

Y siguió adelante, con sus tacones repiqueteando a un ritmo tan vertiginoso como su corazón.

Lilah estudió la figura que había en la tercera ducha, pasándose las manos por la cabeza. Sin apartar la cortina supo que era él, porque conocía ese cuerpo íntimamente.

Había encontrado a Carlos Medina de Moncastel, cirujano, amante y, por si eso no fuera suficiente, el hijo mayor de un depuesto monarca europeo. Pero su pedigrí principesco no la impresionaba en absoluto. Antes de saber nada sobre su familia se había sentido atraída por su inteligencia, por su capacidad, por la compasión que mostraba hacia sus pacientes…

Y por un trasero estupendo incluso bajo la bata blanca. O sin nada. Pero no era en eso en lo que debía pensar en ese momento.

Lilah hizo acopio de valor y apartó la cortina de un tirón. Una nube de vapor la envolvió durante unos segundos, ocultando momentáneamente al hombre que había detrás. Pero enseguida se dispersó, dejando al descubierto a aquel hombre magnífico.

El agua resbalaba por el cuerpo desnudo de Carlos y, que Dios la ayudase, desde allí tenía una vista perfecta de su precioso trasero.

Contempló su bronceada piel empapada, los brazos y las piernas cubiertos de vello. No tenía marcas del sol porque se pasaba todo el día en el hospital o durmiendo, pero su piel naturalmente bronceada le daba el aspecto de alguien que tomase el sol desnudo.

Cuando volvió la cabeza, no mostró sorpresa alguna. Sus ojos eran de color castaño oscuro, enigmáticos. Lilah no pudo evitar un estremecimiento de deseo cuando los clavó en ella. Y se le hizo un nudo en el estómago cuando levantó una ceja.

–¿Sí?

Su fuerte acento extranjero saturaba el monosílabo como el vapor del agua, tan ardiente que sintió el deseo de quitarse la chaqueta del traje.

Nerviosa, se aclaró la garganta.

–Necesito hablar contigo.

–Una llamada telefónica hubiera sido más que suficiente y les habría ahorrado a mis compañeros un momento de apuro, ¿no te parece? –Carlos hablaba en voz baja. Jamás levantaba la voz, como si supiera que la gente iba a estar pendiente de sus palabras.

–Prefería contártelo en persona.

–Y no puede ser más personal que esto, jefa –Carlos cerró el grifo de la ducha–. ¿Te importa pasarme una toalla?

Ella tomó una toalla blanca con el logotipo del hospital y se la tiró para no rozarlo con los dedos. Pero mientras se la ataba a la cintura no pudo evitar mirar un momento…

Con el pelo empapado, negro y brillante, echado hacia atrás, sus altos y aristocráticos pómulos destacaban más que nunca. Las cejas negras enmarcaban unos ojos castaños normalmente serios, pero que se convertían en un volcán cuando le hacía el amor.

Carlos se dio la vuelta entonces y los ojos de Lilah se clavaron no en su trasero, sino en la cicatriz que tenía en la espalda. La única vez que insistió en saber algo más, cuando vio la cicatriz por primera vez, él le contó que se había caído de un caballo cuando era adolescente. Pero no quiso decir nada más.

Aunque ella era abogada y no médico, el sentido común y los años que llevaba trabajando en un hospital le decían que había sufrido un trauma físico importante.

Con la bolsa de aseo bajo el brazo, Carlos se inclinó un poco hacia ella y todo pareció desaparecer, como si se la tragase.

–Di lo que tengas que decir.

–Tu encanto nunca dejará de sorprenderme.

–Si estás buscando encanto, hace cuatro años contrataste al hombre equivocado –replicó Carlos, burlón. Cuando se conocieron, él tenía treinta y seis años y ella treinta y uno–. Llevo todo el día intentando reconstruir la espina dorsal de una niña afgana herida por una bomba. Estoy agotado.

Pues claro que estaba agotado, ella lo sabía bien. Incluso cuando se olvidaba de su orgullo y utilizaba una silla durante una operación, el esfuerzo era evidente. Pero Lilah no podía mostrarse débil.

Habían sido amigos durante cuatro años y, de repente, después de un impulsivo encuentro tras una cena benéfica, Carlos había cambiado por completo. Y no porque ella le hubiera propuesto matrimonio cinco segundos después de sentir el tercer orgasmo.

Sí, tres. Lilah tragó saliva al recordarlo.

El sexo había sido asombroso. Más que eso, en realidad. Y, tras esa noche, había imaginado que pasarían a una relación de amistad... con derecho a roce. Una opción muy segura y muy excitante. Pero Carlos se había alejado de ella y desde entonces se mostraba frío, reservado y dolorosamente amable.

–No tengo tiempo para charlar. He venido a decirte algo, así que vístete.

–Tú no eres de las que montan escenas –dijo él entonces–. Será mejor que hablemos cuando estés más calmada. Esto ya es bastante embarazoso para los dos.

Sí, había elegido un sitio extraño para hablar con él, tenía razón. Pero la testarudez de Carlos Medina de Moncastel era legendaria en el hospital. Estaba segura de que al consejo de administración no le haría gracia la escena, pero a veces una mujer debía ponerse firme.

Y aquél era el momento. No podía esperar mucho más.

–No pienso pedirte cita –replicó, bajando la voz–. Vamos a hablar ahora mismo. La cuestión es si lo hacemos aquí, delante de todo el mundo, o en mi oficina. Y te aseguro que si nos quedamos aquí, va a ser incluso más embarazoso.

Tras ellos, alguien se aclaró la garganta y Lilah se dio cuenta entonces de lo cerca que estaba de aquel hombre. Sólo una toalla la separaba de sus... joyas familiares.

Carlos la había ignorado durante meses, insultando la amistad que había habido entre ellos. Y de una manera o de otra tenía que hacerlo reaccionar.

–No es que no te haya visto así antes. De hecho, creo recordar que...

–Ya está bien –la interrumpió él–. Nos vemos en mi despacho.

–Ah, el poderoso príncipe ha hablado –dijo Lilah, dando un paso atrás para tomar una bata blanca del armario–. Vístete, te esperaré en el pasillo.

Cuando se dio la vuelta, un trío de hombres a medio vestir la miraba, los tres boquiabiertos. Sólo entonces se dio cuenta de la magnitud de la escena que estaba provocando, pero contuvo el deseo de pedir disculpas.

Aquello era demasiado importante. Una vez que Carlos se hubiera vestido y pudiesen hablar a solas tendría que aceptar lo que ella estaba empezando a aceptar, una verdad que ya era inevitable.

El doctor Carlos Medina de Moncastel estaba a seis meses de convertirse en papá.

***

Carlos Medina de Moncastel estaba a seis segundos de perder la paciencia, algo que nunca se permitía a sí mismo.

Por supuesto, la culpa era suya por haberse acostado con Lilah tres meses antes. Al hacerlo, había destrozado una estupenda relación profesional y una agradable relación de amistad.

Apartándose de un empleado que estaba echando amoníaco en el suelo, Carlos la siguió por los solitarios pasillos de esa zona del hospital, con bata y pantalón blancos, zapatillas de tenis y diez toneladas de frustración.

Las luces fluorescentes sobre sus cabezas marcaban el camino, con ventanas a ambos lados, el último sol de la tarde intentaba abrirse paso entre las nubes. Pero él estaba concentrado en la mujer que caminaba un metro por delante de él, hacia su despacho.

El de él, no el de ella. Su territorio.

En su despacho podrían hablar a solas sin que nadie los molestase.

Una vez que su identidad fue descubierta, el hospital se había llenado de paparazzi y Carlos había temido tener que dejar su puesto allí para asegurar la seguridad de los pacientes.

Pero había subestimado a la directora del hospital.

Lilah había pedido una orden de alejamiento para la prensa, había aumentado la seguridad en el hospital y trasladado su despacho a la zona más alejada para que nadie lo molestase. Los paparazzi habrían tenido que atravesar dos barreras de seguridad y media docena de puestos de enfermeras para llegar a él. Y, afortunadamente, ninguno de ellos lo había conseguido por el momento.

Sí, la había subestimado, algo que no volvería a hacer. Tenía que ponerse firme con aquella mujer cuando en lo único que podía pensar era en esa mirada ardiente que lo volvía loco...

Estaba agotado y sus pasos, más bien torpes, contrastaban con el eficiente taconeo de Lilah.

Maldita fuera, no había esperado volver a verla sin llevar al menos un par de calzoncillos.

El movimiento de sus caderas bajo el traje de chaqueta oscuro retuvo la atención de Carlos más de lo debido. Su mirada se deslizó por la espina dorsal hasta la larga columna de su cuello. Un rebelde mechón de pelo escapaba del moño para acariciar su piel como le gustaría hacerlo a él...

Llevaba años deseándola, pero sabía que era la mujer a la que no debía tocar. Lilah era demasiado perceptiva, demasiado buena amiga y, como él, una adicta al trabajo. Cualquier cosa que no fuera una relación de amistad sería un desastre.

Él, que tenía un reducido grupo de amigos, valoraba mucho la inesperada camaradería que había encontrado en ella.

Cuando entraron en su oficina, Carlos le hizo un gesto a su secretaria, una mujer muy eficiente que tenía fotos de sus doce nietos sobre la mesa.

–Wanda, no me pases llamadas a menos que sea algo sobre la niña afgana que está en recuperación.

Al decirlo, sintió una punzada de dolor en la espalda, un recordatorio de las horas que había estado de pie en el quirófano.

Una vez en el interior de su despacho, se detuvo frente a un cuadro de Sorolla, un regalo de su hermano Duarte. Era una escena de niños enfermos bañándose en un manantial de aguas curativas.

Daba igual la distancia que pusiera entre él y su país natal, las influencias siempre estaban allí. No podía escapar de la realidad de ser el hijo mayor del depuesto rey de San Rinaldo, una isla situada en la costa española. No podía ignorar u olvidar que habían huido del país veinticinco años antes y se habían instalado en la costa de Florida durante años.

Sólo recientemente la prensa había descubierto su verdadera identidad. Carlos y sus dos hermanos, ahora adultos, vivían en Estados Unidos, pero hasta cuatro meses antes habían podido vivir con nombres supuestos, sin que nadie supiera quiénes eran.

Durante gran parte de su vida adulta había sido conocido como Carlos Santiago, pero a partir del artículo que los delató tuvo que volver a ser Carlos Medina de Moncastel, heredero de una monarquía derrocada.

Lilah era la única persona que seguía tratándolo como lo había tratado siempre. No se había mostrado impresionada o enfadada por el engaño. Al contrario, entendía que tenía razones para ocultar su identidad.

La única cuestión para ella fue comprobar que sus credenciales médicas fuesen auténticas, ya que había trabajado con un nombre supuesto.

Era una mujer lógica, absolutamente sensata.

¿Y qué demonios podía hacer que una mujer lógica y sensata entrase en los vestuarios masculinos del hospital?

Carlos cerró la puerta del despacho, un sitio práctico con un escritorio, un sofá de piel, el cuadro que le había regalado su hermano y un montón de libros.

Apoyándose en la pared para intentar calmar su dolor de espalda, miró a Lilah con atención por primera vez. Estaba pálida, muy pálida.

Evidentemente, estaba estresada o preocupada por algo. Y sólo algo muy grave la hubiese empujado a hacer lo que había hecho. Normalmente era una mujer tranquila, una abogada estupenda capaz de dirigir todo un hospital. Tenía que ser algo referente al hospital, se dijo. Era absurdo pensar que esa confrontación tuviese algo que ver con lo que había pasado tres meses antes.

–¿Es una mala noticia sobre los fondos para el nuevo ala del hospital?

–No, no tiene que ver con el trabajo... –Lilah vaciló por un momento.

Carlos se apartó de la puerta para acercarse a ella, movido por sus años de amistad y también por su perfume. No era un perfume fuerte, al contrario, pero tan... inherente a ella que le aceleraba el corazón.

Mientras se acercaba notó que su cojera se había acentuado por las horas de trabajo en el quirófano. Pero había olvidado su cojera tiempo atrás. En la vida había cosas más importantes que preocuparse por si la gente notaba que cojeaba un poco. Él sabía que era casi un milagro que pudiera caminar en absoluto.

–¿Y qué es tan importante como para que provoques una escena que dará que hablar en la cafetería del hospital durante meses?

–Es sobre lo que pasó la noche de la cena benéfica.

Carlos se detuvo. Con una simple frase había llenado la habitación de recuerdos de la noche que estuvieron allí, en el sofá, y terminaron en su casa porque estaba más cerca que la de Lilah.

Se había dejado llevar por la tentación de acostarse con ella una vez y desde entonces se atormentaba reviviendo esa noche y sabiendo lo fácil que sería volver a caer en la tentación.

Carlos intentó recordar las razones por las que debía alejarse de ella, pero de alguna forma, no sabía cómo, rozó con el dedo el mechón que se había soltado de su moño para colocarlo detrás de su oreja. La suavidad de su piel y la textura de su pelo parecían atraerlo y, sin pensar, dio un paso adelante. Y, al notar el calor de su cuerpo, se vio envuelto por los recuerdos de esa noche…

–Eres tan arrogante… –dijo ella, poniendo las dos manos sobre su torso.

Pero no se apartaba y Carlos dejó de pensar cuando sus labios se encontraron.

Lilah se puso tensa un momento, antes de agarrar la solapa de su bata, insistente y más que enfadada mientras tiraba de él. El roce de su lengua le recordó lo rápido que se encendían. Mantener las distancias durante esas semanas había sido necesario y fútil al mismo tiempo.

Aquello era inevitable.

Enredando los dedos en su pelo, le quitó el pasador que sujetaba el moño hasta que su melena cayó como una cascada sobre los hombros. Qué fácil sería desabrochar su chaqueta y quitarse la bata. El sofá de piel parecía llamarlo...

No, el escritorio estaba más cerca.

Apartando el calendario, el bote de los bolígrafos y el cuaderno de un manotazo que lo envió todo al suelo, la sentó sobre el escritorio y desabrochó el primer botón de su chaqueta para acariciar la camisola de seda que llevaba debajo.

Lilah dejó escapar un gemido de ánimo y Carlos desabrochó el resto de los botones, besándola en la garganta, en el escote... hasta llegar al nacimiento de los senos. Su recuerdo no le hacía justicia, pensó. Mientras rozaba sus pechos con la boca, ella echó la cabeza hacia atrás y Carlos sacó la camisola del elástico de la falda para acariciar su estómago.

Pero entonces Lilah se quedó inmóvil.

Y el frío que emitía hizo que Carlos volviese a la Tierra. Tres meses de represión se habían ido por la ventana por un impulso desenfrenado.

Suspirando, se apoyó en el escritorio mientras ella volvía a abrocharse la chaqueta con manos temblorosas.

–Evidentemente he cometido un error intentando ignorar lo que pasó entre nosotros. Pero tenemos que encontrar la manera de afrontarlo para seguir trabajando juntos –dijo Carlos.

–Te aseguro que yo no lo voy a olvidar.

Él sacudió la cabeza.

–Mi vida es muy complicada y tú lo sabes. Me

gustaría que todo fuera más sencillo, pero no es así. Creo que deberíamos considerar la idea de tener... una relación íntima.

Lilah abrió la boca, atónita, y después soltó una carcajada de incredulidad.

–¿De qué te ríes? Eso sería lo mejor. Entre nosotros existe una gran atracción y deberíamos explorarla antes de que nuestras vidas vuelvan a la normalidad.

Lilah dejó de reír entonces.

–Hace unos meses podría haber estado de acuerdo contigo, pero es demasiado tarde para eso.

Carlos intentó disimular su decepción. Debería haber hablado antes con ella, pensó. Tal vez estaba enfadada porque se había apartado...

–No estoy de acuerdo.

–Tú no tienes toda la información –Lilah bajó del escritorio y estiró su metro sesenta y siete todo lo que pudo, pero aun así sólo le llegaba al hombro–. Estoy embarazada de tres meses. Y tú eres el padre.

–¿Embarazada?

La sorpresa dejó paso a la incredulidad.

Cuando pensaba que no podía llevarse más desilusiones en la vida... pero Lilah...

Carlos soltó una risotada amarga y ella se cruzó de brazos en un gesto defensivo.

–Esto no tiene ninguna gracia.

–Tampoco se la encuentro yo, te lo aseguro.

La cicatriz de su espalda era un recordatorio de todo lo que había perdido veinticinco años antes, cuando su familia intentaba escapar de San Rinaldo.

Le había contado a todo el mundo que la cicatriz era debida a un accidente de equitación cuando era joven... esa mentira era mucho mejor que la verdad.

–Ésta no será una historia muy agradable que contarle a nuestro hijo cuando sea mayor.

–¿Nuestro hijo? Lo siento, pero eso es imposible –dijo Carlos, furioso–. Voy a otorgarte el beneficio de la duda y a pensar que estás equivocada sobre el padre del niño, porque no quiero pensar que intentas engañarme.

Lilah levantó la mano y, sin pensar, le dio una bofetada.

–Serás canalla...

Carlos movió la mandíbula de un lado a otro, perplejo.

–¿Qué?

–Créeme, es el insulto más suave que se me ocurre. Puede que ya no seamos amigos, pero yo esperaba algo más de ti. Sé que eres frío, pero pensé que también eras noble.

Carlos tuvo que contener el deseo de repetir que estaba mintiendo. Estaba embarazada, aunque el niño no fuera suyo. Y él pensando que habían sido amigos...

–Lilah, lo siento, pero ese niño no es hijo mío.

–No voy a forzarte a nada, no te preocupes. Además, el niño merece algo mejor que tú. He cumplido con mi deber al contarte que estaba embarazada, ahora puedes irte al infierno.

Algo en su voz, en la intensidad de sus palabras, despertó una campanita de alarma. De verdad pensaba que el niño era suyo...

Pero no podía ser verdad. Carlos no sabía que saliera con ningún otro hombre, pero había estado evitándola desde esa noche, de modo que no podía saberlo con seguridad.

–Escúchame –empezó a decir, señalando su abdomen–. No es mi hijo y eso significa que tienes que hablar con el verdadero padre.

De repente, experimentó una sorprendente punzada de celos al pensar que Lilah se había acostado con alguien poco antes o poco después de hacerlo con él. Empezó a imaginar si sería alguien del hospital... pero no podía perder el tiempo con eso.

–Ese hombre no puedo ser yo.

No después de lo que había pasado esa noche en San Rinaldo. Las balas de los rebeldes habían matado a su madre y habían estado a punto de matarlo a él por intentar protegerla. Por intentarlo y fracasar.

–El accidente que provocó mi cojera tuvo otras repercusiones –Carlos se obligó a sí mismo a decir algo que no había compartido con nadie–. Lilah, soy estéril.

Capítulo Dos

Lilah se había enfrentado con muchas sorpresas durante sus años como fiscal y luego como directora del hospital de Tacoma, Washington. Desde luego, descubrir que el doctor Santiago era en realidad Carlos Medina de Moncastel, hijo de un monarca destronado, la había dejado de piedra. Pero sus palabras eran la revelación más inesperada de todas.

Agarrándose al borde del escritorio, lo miró a los ojos para buscar algo que explicase por qué un hombre noble como él negaba a su propio hijo.

Aún le dolía la mano de la impulsiva bofetada que le había dado por llamarla mentirosa. Odiaba haber perdido el control de esa manera y odiaba haberlo perdido antes, mientras se besaban. Ningún hombre la afectaba como él; tenía que esforzarse para no acabar como su madre.

Y, sin embargo, un solo beso y había estado a punto de hacer el amor con aquel hombre sobre el escritorio.

Un hombre muy viril que ahora quería negar las consecuencias de su encuentro.

–¿Eres estéril? –repitió, preguntándose si habría oído mal. Debía de haber oído mal, porque en su vientre estaba la prueba de su virilidad. De modo que o estaba equivocado o era un mentiroso.

–Eso es lo que he dicho –Carlos cambió el peso del cuerpo al otro pie, algo que podría parecer un gesto normal, pero, después de tantos años, ella sabía que era una manera de evitar el dolor de su espalda, inevitable cuando estaba estresado.

Carlos Medina de Moncastel era uno de esos cirujanos con estatus de dios, el cirujano más capaz de todos, casi capaz de hacer milagros. Lilah se había dado cuenta de que la mayoría de la gente sólo veía eso cuando lo miraba. Eso y su evidente atractivo físico, claro. Nadie se daba cuenta de la presión bajo la que vivía, del dolor de espalda, de su tendencia a apoyarse en cualquier superficie dura.

Pero no podía pensar en eso ahora. Había demasiado en juego.

–¿Por qué no me lo contaste cuando estuvimos juntos esa noche?

–No me pareció que esa información fuese relevante, ya que procrear no estaba en nuestra agenda –replicó él, irónico.

–Pero usaste preservativos... aunque uno falló en la bañera.

–Se practica sexo seguro por algo más que por un embarazo, Lilah. Tú lo sabes igual que yo.

Por supuesto que lo sabía. Se había asustado cuando se rompió el preservativo, pero se tranquilizó cuando Carlos le aseguró que no tenía ninguna enfermedad.

Sin embargo, no podía dejar de oír los sollozos de su madre tras la puerta cerrada de su habitación. Ella era una adolescente entonces, pero lo bastante mayor como para entender las peleas de sus padres.

Y su padre, tras su última aventura, le había contagiado una enfermedad venérea.

Era tratable, afortunadamente, pero Lilah nunca pudo entender que su madre lo perdonase. Le había perdonado sus infidelidades una y otra vez.

En lugar de apartar de sí esos tristes recuerdos, se agarró a ellos para mantenerse firme.

–El niño es hijo tuyo. No quiero dinero y, desde luego, no tengo el menor interés en tu título. Sólo quiero que mi hijo sepa quién es su padre.

–No es mi hijo –repitió él.

–¿Todo por un accidente montando a caballo?

Ella no era médico, pero algo sonaba muy raro en esa explicación. Sin embargo, la gravedad de su tono, la seriedad de sus facciones…

–El trauma del accidente junto con una infección tras la operación me dejó estéril. Soy médico, en caso de que lo hayas olvidado –Carlos sacó un libro de la estantería y lo tiró sobre el escritorio–. Pero si sigues teniendo dudas, hay un capítulo en el que explican ese tipo de complicaciones. No tengo ningún problema en marcar las páginas para que lo leas.

–Carlos…

–El hecho es que el padre del niño tiene que ser otro hombre.

Lilah vio una sombra en sus ojos, una sombra de furia o de rabia que desapareció enseguida.

Pero si alguien tenía derecho a estar furiosa, era ella y sintió ganas de ponerse a gritar de frustración.

–No me estás escuchando. No hay nadie más –le explicó, esperando que viera que decía la verdad–.

No ha habido nadie más en ocho meses. Es absolutamente imposible que el niño sea hijo de otro hombre y te aseguro que estoy embarazada –le tembló la voz por primera vez–. He visto la ecografía, el niño está perfectamente.

La enormidad de cuánto iba a cambiar su vida a partir de ese momento la abrumaba. Siempre había sido capaz de arreglárselas con lo que la vida le ponía por delante, fuese en la Facultad de Yale o delante de un juez del Tribunal Supremo.

Pero nunca en toda su vida había tenido que defender algo tan importante como lo que defendía aquel día.

Carlos la miró entonces con simpatía y algo peor, compasión.

–De verdad lo crees.

–Y tú no.

Había anticipado una multitud de reacciones y preparado la réplica como si fuera un caso legal. Pero no había imaginado ni por un momento que Carlos dijese aquello. Evidentemente, los médicos se habían equivocado en el diagnóstico y su negativa a considerar tal posibilidad, su insistencia en creer que mentía, la dejaban tristemente sorprendida.

Aunque no lo necesitaba, había esperado... cualquier cosa menos eso.

El beso que habían compartido unos minutos antes no significaba nada para él, estaba claro. Ella no significaba nada para él y tenía que conseguir que Carlos no significase nada para ella.

Lilah llevó aire a sus pulmones.

–Bueno, yo he cumplido con mi obligación al decírtelo. Una prueba de paternidad cuando nazca el niño confirmará que tú eres el padre. Y te vas a sentir como un imbécil cuando eso ocurra, Carlos.

Decidida a marcharse con su orgullo intacto, Lilah irguió los hombros y salió de la oficina conteniendo el deseo de llorar. No había esperado que se pusiera a dar saltos de alegría, pero aquello…

Carlos siempre había sido un hombre muy reservado, pero también noble, serio. Y había esperado algo mejor.

Lilah cerró la puerta con un enérgico golpe, deseando que fuese tan sencillo sellar su corazón.

El ruido de la puerta al cerrarse hizo eco en sus oídos… dejando paso a una sombra de duda.

Carlos se apoyó en el escritorio, mirando el espacio vacío que había quedado delante de él. Parecía tan segura de lo que decía. Lilah siempre había sido una mujer honesta, un tiburón luchando por el hospital, pero siempre franca y sincera con sus compañeros. Y Carlos la admiraba por ello. Durante años, de hecho, había usado esa admiración para controlar una respuesta mucho más primaria.

¿Y si…?

La posibilidad de que el niño fuera hijo suyo lo dejó abrumado.

Aunque había tenido varias relaciones y aventuras durante esos años, nunca había querido enamorarse. Pero Lilah era diferente. Le impresionaba cómo luchaba por el hospital, cómo conseguía donativos de millones de dólares y se enfrentaba a políticos para defender los derechos de los pacientes. Incluso se enfrentaba con él cuando perdía la perspectiva y se empeñaba en cosas imposibles.

Era muy inteligente y decidida... ¿usaría esas armas contra él si pensaba que eso podría beneficiar a su hijo?

Su padre le había enseñado a no confiar en nadie. Todo el mundo tenía un precio, incluyendo el primo que había vendido su plan de escape a los rebeldes de San Rinaldo. Su madre, la reina Beatriz, había muerto como resultado de una emboscada el día que escaparon de San Rinaldo. Y Carlos había pasado sus años de adolescencia en un hospital, sufriendo múltiples operaciones para intentar recuperarse de sus heridas. Que pudiese caminar era un milagro y los médicos le habían dicho que debía estar agradecido, aunque nunca pudiese tener hijos.

¿Podía confiar en Lilah?, se preguntó.

Tanto como confiaba en los demás, y no era mucho. Y si la prensa se hacía eco de la noticia antes de que él hubiera podido solucionar el asunto... no quería ni pensarlo. Tenía que darle pruebas de que él no podía ser el padre y pedirle que no dijese nada a nadie.

El primer paso era pedir un recuento de esperma al laboratorio. Aunque le disgustaba esa invasión de su intimidad, el resultado daría por zanjado aquel asunto de una vez por todas.

¿Pero y si...?

¿Habría alguna posibilidad de que hubiese ocurrido un milagro?, se preguntó. De ser así, tendría que hacer las paces con Lilah.

Porque si, contra toda posibilidad, ese niño era hijo suyo, nada en el mundo evitaría que él ejerciera de padre.

De repente agotada, Lilah se apoyó en la puerta del despacho. Wanda había salido, pero volvería de un momento a otro.

Cerró los ojos, recordando su discusión con Carlos, y sintió una oleada de náuseas, algo inusual a aquella hora del día. Seguía teniendo mareos por las mañanas y, sin duda, aquel disgusto los había empeorado.

Lilah se llevó una mano protectora al vientre, aunque aún no se le notaba el embarazo. Carlos no lo había notado cuando puso la mano en su estómago, pero ella podía sentir los cambios de su cuerpo: el tamaño de sus pechos, el incremento del sentido del olfato y un insaciable deseo de comer alcachofas marinadas, algo que antes detestaba.

Aunque las circunstancias no eran exactamente las más favorables, quería a su hijo con todo su corazón, con una fuerza que la abrumaba a veces.

Mientras se apartaba el pelo de la cara recordó cómo la había besado... y sintió un cosquilleo entre las piernas. Qué fácil le resultaba despertar ese deseo en ella, pensó.

Pero, por el niño, tenía que pensar con calma. Carlos parecía convencido de que era estéril y, aunque después de cuatro años de amistad habría esperado que no pusiera en duda su palabra, ése no parecía ser el caso.

Su alejamiento, su inaccesibilidad durante esos meses le habían dejado claro que esa amistad no era tan profunda como ella había creído. Y que hubiera tenido que ir a las duchas de caballeros para hablar con él…

Pero se negaba a enfadarse otra vez. El tiempo demostraría que no estaba mintiendo.

Cuando la puerta se abrió, Lilah intentó disimular su agitación. Había una razón para que la llamasen La Dama de Hierro en el hospital y quería que siguiera siendo así....

Pero no fue Wanda quien entró, sino Nancy Wolcott, una de las nuevas radiólogas del hospital. Una chica guapa y simpática que llevaba un montón de chapitas en la bata para que los pacientes más jóvenes se sintieran cómodos con ella. Debía de estar trabajando con Carlos en ese momento.

–Hola, Nancy. Me imagino que el doctor Medina de Moncastel querrá saber cómo está su paciente, la niña afgana.

–No, yo no llevo a esa paciente –dijo la joven–. En realidad, he venido por algo personal. Vamos a cenar juntos.

Oh, no. Lilah no quería saber con quién cenaba. Pero debería haberlo imaginado. Carlos era un hombre muy atractivo, un famoso cirujano… rico, además. Nunca le habían faltado novias y, aunque temperamental y adicto al trabajo, las mujeres debían de perseguirlo ahora que, además, se sabía que era un príncipe.

–Si me perdonas...

La joven puso una mano en su brazo cuando Lilah iba a salir del despacho.

–Espera, deja que te lo explique. Verás, Carlos... el doctor Medina de Moncastel y yo llevamos saliendo unas semanas, pero hemos intentado ser discretos –empezó a decir–. Ya sabes que es una persona muy reservada y estamos esperando el momento adecuado para enviar un comunicado de prensa.

Nancy Wolcott acababa de dejarla de piedra. Carlos, por supuesto, no le había dicho nada sobre el asunto.

Y llevaban semanas saliendo. Tenían una relación e iban a enviar un comunicado de prensa.

Lilah tuvo que hacer un esfuerzo para contener su furia.

–No lo sabía.

–Ya sé que suele tener aventuras sin importancia, pero yo creo que esto va a algún sitio –Nancy se rió, nerviosa–. Tal vez mantenía las distancias antes, cuando nadie sabía quién era, pero ahora que todo el mundo lo sabe puede hacer lo que le parezca.

Evidentemente, la chica estaba coladita por él. Lilah querría odiarla, encontrar algún defecto en alguien que había capturado el corazón de Carlos cuando una noche de sexo con ella no lo había afectado en absoluto.

Pero ella no era así. Y Nancy no sabía nada sobre su noche con Carlos. Nadie lo sabía.

Además, de todas las empleadas del hospital, Nancy era la que menos parecía una buscavidas o alguien que buscase fama. Como parte de su trabajo, Lilah conocía el expediente de todos sus empleados y sabía que Nancy Wolcott era una buena persona. Una buena persona que estaba loca por Carlos. Y era comprensible.

–A lo mejor espero demasiado –siguió ella–, pero es un hombre tan increíblemente atractivo… Me gustaría poder llegar a su corazón –Nancy se llevó una mano al pecho.

A Lilah le habría gustado decirle un par de cosas sobre el frío corazón de Carlos Medina de Moncastel.

Y no la sorprendía. No había finales felices y ella lo sabía bien. Las novelas románticas eran novelas de ficción por algo. Había visto lo rápido que el amor se terminaba, lo fácil que era para algunas personas convertirse en patéticos felpudos. Como su madre.

Su padre había usado su trabajo como representante de Hollywood para seducir a incontables aspirantes a actrices. Y, hasta aquel mismo día, su madre hacía lo imposible por cerrar los ojos. En alguna ocasión, la chica del mes se enfadaba porque no tenía suficientes contratos o porque quería un anillo y llamaba a la esposa de su amante, obligándola a enfrentarse a las infidelidades de su marido.

Y entonces había una pelea, lágrimas. Su padre le compraba un regalo, una joya, un viaje o un crucero y todo era perdonado hasta la próxima vez, cuando repetían la misma función.

Lilah tenía un cajón lleno de camisetas y recuerdos de esos viajes. De hecho, sus padres estaban en uno de esos cruceros para hacer las paces y cuando volviesen tendría que contarles lo del niño.

¿Les hablaría de Carlos también?

Cuando Nancy le contó, con detalles, que Carlos y ella habían estado en un concierto, Lilah tuvo que aceptar que la chica no estaba sacando las cosas de quicio. Era verdad que salían juntos.

Ella nunca había querido salir con Carlos, pero... demonios, se habían acostado juntos y habían sido amigos antes de eso. Y, aunque Carlos Medina de Moncastel no fuese un hombre cariñoso y atento, ella se merecía algo mejor que ese trato helado desde que se acostaron juntos.

Y se merecía algo mejor que la discusión que habían tenido en su despacho unos minutos antes.

Nancy miró hacia la puerta.

–Espero que no esté de mal humor después de vuestra pelea.

Lilah la miró, perpleja. ¿Cómo sabía que se habían peleado? ¿Quién habría estado escuchando detrás de la puerta, Wanda quizá?

Pero cuando miró a Nancy, se dio cuenta de que no estaba enfadada o celosa como lo estaría una mujer cuyo novio fuera a tener un hijo con otra.

–Me imagino que te refieres al incidente del vestuario de caballeros.

–Lo siento –Nancy se irguió, nerviosa–. No debería haber dicho nada.

–Siento curiosidad por saber cómo te has enterado tan pronto. ¿La noticia ha corrido como la pólvora?

–Lo he oído en la cafetería. La gente quiere saber qué ha hecho Carlos para que estuvieras tan enfadada con él. Incluso hay apuestas.

–¿Qué clase de apuestas?

Nancy se mordió los labios, nerviosa.

–La mayoría piensa que estás enfadada porque no fue a la reunión del consejo esta semana. Otros creen que estás enfadada porque acepta muchos casos de caridad. Yo creo que es esto último. Carlos tiene un corazón de oro.

Lilah apretó los puños hasta hacerse daño.

–Espero que no apuestes tus ahorros, porque los perderías.

Si los rumores sobre su discusión con Carlos corrían a esa velocidad por el hospital, no quería ni pensar lo pronto que su vida personal sería la comidilla de todos los empleados. Tendría que andar con pies de plomo para proteger la privacidad de su hijo, pensó.

Por primera vez, se dio cuenta de que iba a tener un hijo con un príncipe, una persona que sería perseguida por la prensa en todo momento.

¿La noticia de su hijo iría en el mismo comunicado de prensa que el noviazgo de Nancy y Carlos?, se preguntó luego, irónica.

Había estado engañándose a sí misma. Su visceral reacción ante aquella mujer dejaba bien claro que sus emociones estaban involucradas y que debía recuperar la calma.

Tenía que seguir luchando en lugar de dejar que Carlos la expulsara de su vida. Ella no dejaría que le hiciese daño a su hijo.

Un segundo después, la puerta del despacho se abrió y el hombre del momento apareció, llenando el quicio de la puerta con sus anchos hombros.

Carlos la miró con cara de sorpresa y ella le devolvió una mirada llena de rabia y dolor. Pero ya había montado una escena aquel día y no tenía intención de montar otra, ni de dejar que él se diera cuenta de que estaba dolida.

Pero eso no significaba que fuera a ponérselo fácil.

Lilah se echó el pelo hacia atrás, el pelo que Carlos había alborotado unos minutos antes, mientras la besaba apasionadamente.

–Hola otra vez. Estaba hablando con tu novia.

Capítulo Tres

Aquel día estaba lleno de sorpresas.

Carlos miró de una mujer a otra. ¿Qué habría dicho Lilah antes de que su presencia interrumpiera la conversación? Seguramente no mucho, ya que Nancy no parecía saber nada.

Nancy Wolcott era una chica encantadora con la que había salido un par de veces con la esperanza de borrar a Lilah de su memoria.

Y era todo lo que él quería: inteligente, ingeniosa, tenían intereses comunes y no le exigía nada. Sería perfecta para él, pero la verdad era que lo dejaba frío. En lugar de hacerlo olvidar un error monumental, la presencia de su «novia» le recordaba que las demás mujeres palidecían al compararlas con Lilah.

Había pensado romper con Nancy esa noche, antes de la sorprendente revelación de Lilah. Pero debería haberlo hecho mucho antes.

La nueva radióloga miró de uno a otro con cara de sorpresa.

–Si tenéis que hablar de trabajo, puedo volver más tarde.

Carlos asintió con la cabeza.

–Sí, sería lo mejor.

–Muy bien –Nancy se puso de puntillas, como para darle un beso, pero pareció pensárselo mejor.

O se había dado cuenta de que esas muestras de afecto eran inadecuadas en un lugar de trabajo o vio que Carlos fruncía el ceño. En cualquier caso, pareció entender el mensaje y se apartó a toda prisa.

–En realidad, tengo una cita de la que debo ocuparme en cuanto haya ido a ver a mi paciente.

Se había puesto en contacto con el laboratorio para hacerse un recuento de esperma. Él sabía cuál sería el resultado, pero debía confirmarlo por Lilah.

¿Pero y si por algún milagro pudiera tener hijos? Entonces olvidaría sus reservas y se lanzaría a una campaña para conquistarla. Se lanzaría de cabeza, las veinticuatro horas del día, hasta que hubieran solucionado el asunto.

Al ver que Lilah llevaba el pelo suelto recordó por qué lo llevaba así y tuvo que tragar saliva.

–Hablaremos mañana –le dijo.

Carlos salió del laboratorio y volvió rápidamente a su despacho, con el corazón acelerado. Había sido un día tremendo, primero la operación a esa niña afgana, una niña atrapada en medio de una guerra de la que ella no era responsable. Luego, antes de que pudiera descansar cinco minutos, Lilah había aparecido en la ducha para decirle que estaba esperando un hijo suyo y ahora la revelación del laboratorio. No era un resultado definitivo, pero existía alguna posibilidad de que pudiera tener hijos.

Esa posibilidad lo había alterado por completo. Tenía que ir a su despacho y encerrarse allí para planear lo que iba a hacer.

Pero Nancy estaba esperando en la puerta del despacho, enviando un mensaje de texto a alguien. Se había cambiado de ropa y llevaba un vestido de falda corta.

No, no podía cenar con ella esa noche. Y ninguna otra noche. Tenía que dejar clara su posición y lo antes posible. Era lo más justo tanto para Nancy como para Lilah.

–Siento mucho haberte hecho esperar.

–No hace falta que te disculpes –Nancy guardó el móvil en el bolso–. Estaba contándole a mi mejor amiga que iba a cenar contigo esta noche.

–Verás... –Carlos hizo una mueca–. Ven, entra en mi despacho.

–Tienes que cancelar la cena, ¿verdad? No te preocupes, lo entiendo. Podemos cenar juntos mañana. ¿Qué te parece si yo hago la cena en casa...?

–Nancy –la interrumpió él–. Me temo que te he dado una impresión equivocada. Pero esto no es algo que quiera discutir en el pasillo.

Nancy entró delante de él. Se sentía fatal porque sabía que ella se había hecho ilusiones, pero no podía hacer nada. ¿O sí? No podía cambiar el pasado, pero tenía la intención de controlar su futuro.

Y no podía esperar más.

No volvería a cometer el mismo error. En cuanto hubiese hablado con Nancy iría a hablar con Lilah, esa misma noche, no al día siguiente, para decirle cuál era el resultado del laboratorio.

***

Lilah abrió la puerta del ático y deseó haber echado un vistazo por la mirilla antes de abrir. ¿Pero por qué no la había avisado el conserje de que Carlos estaba en camino? Supuestamente, ni siquiera un príncipe podía entrar en el edificio sin permiso.

Si el conserje la hubiera avisado, tampoco le habría dicho que lo echase a patadas, pero le habría gustado tener unos segundos para prepararse antes de verlo.

Carlos ya no llevaba la bata del hospital, sino un traje oscuro debajo de una gabardina. Y una corbata de tonos rojos.

Era tarde y el rellano estaba muy silencioso. Todos los habitantes del restaurado edificio situado frente al paseo marítimo se habían retirado a descansar. Carlos había estado allí otras veces para tomar café o cenar con compañeros del hospital, pero siempre con más gente. Nunca a solas.

Totalmente a solas.

Lilah se agarró al picaporte de la puerta.

–¿No habías dicho que hablaríamos mañana?

–He hecho lo que tenía que hacer y tengo el resultado antes de lo que esperaba –dijo él–. ¿No me invitas a entrar?

Aunque llevaba un pijama de seda, Lilah se daba cuenta de que era muy tarde y de que era un peligro.

–Es más normal pedir que te inviten y no exigirlo.

Carlos hizo una mueca de irritación.

–Vamos a dejarnos de juegos de palabras, Lilah. Tenemos cosas importantes que discutir.

Tenía razón, pero le molestaba que hubiera elegido el momento para hablar sin consultarle. Y que hubiese aparecido sin avisar.

–Entra –dijo por fin–. Pero no te pongas demasiado cómodo. Ha sido un día muy largo y estoy cansada.

También había sido un día muy decepcionante, pero eso no lo dijo en voz alta.

Lilah apoyó la espalda en la pared para dejarlo pasar, evitando rozarse con él, y Carlos miró alrededor. Le encantaba su casa porque tenía mucha personalidad, desde las paredes de ladrillo blanco hasta los techos altos con vigas descubiertas. A través de una pared enteramente de cristal se veían los edificios situados frente al histórico canal y, a lo lejos, una montaña envuelta en niebla.

Carlos se quitó la gabardina y se quedó de pie al lado del sofá de color granate, ni dentro ni fuera, como era su costumbre.

–Respecto a Nancy... –empezó a decir.

Pero Lilah lo interrumpió con un gesto.

–Me da igual con quién salgas, eso no tiene nada que ver con nosotros –le dijo. No era cierto, pero tal vez podría terminar por convencerse a sí misma–. Nosotros nunca hemos sido una pareja y no tenemos nada que decirnos hasta que hagamos la prueba de paternidad.

–Nancy y yo no somos pareja –le explicó él–. Hemos salido un par de veces, pero nada más. Y ya había decidido romper con ella.

–Ah, muy conveniente pero nada relevante –replicó Lilah–. Si eso es lo que querías decirme, ya puedes marcharte –añadió, señalando la puerta.

Carlos tiró la gabardina sobre el respaldo de una silla y la tomó por la muñeca, mirándola a los ojos.

–Lilah…

–No me toques –le advirtió ella, pero no se apartó–. Cualquier deseo de besarte se evaporó cuando te negaste a creer que estaba embarazada.

–He venido a decirte que estoy dispuesto a creer en la posibilidad de que el niño sea hijo mío.

El roce de su mano y el calor de su cuerpo evitaron que entendiese de inmediato lo que estaba diciendo. Pero, de repente, las palabras de Carlos penetraron en su cerebro. Estaban cerca, muy cerca, tanto que si daba un paso adelante sus pezones rozarían el torso masculino.

–Te has hecho un recuento de esperma, ¿verdad?

–Sí.

–Qué rápido.

–Ayuda tener contactos en el mundo de la medicina.

No estaba allí porque hubiese cambiado de opinión o porque hubiese decidido que debía creerla, sino porque tenía una prueba. Siendo práctica podría aceptarlo, pero en aquel momento no le apetecía nada ser práctica.

Y tampoco amable.

–Cuánto me alegro por ti –le dijo, soltándose la mano–. Ha debido de ser una gran sorpresa.

–Qué bien que encuentres divertido mi historial médico.

–Yo no creo que nada de esto sea divertido. Particularmente, tus insinuaciones sobre mi honestidad. ¿Se lo has contado a tu novia?

Porras, no había querido mencionar a Nancy porque sabía que parecería celosa. Lilah apartó la mirada para no delatar sus emociones.

–Ya te he dicho que no es mi novia –dijo él, alargando una mano para apartar un mechón de pelo de su frente.

Las luces de los barcos en el puerto se convirtieron en un borrón. Demonios, esas manos de cirujano eran capaces de los movimientos más meticulosos y podían hacer que hasta una ceja se convirtiese en una zona erógena.

–Bueno, pero debería saber que tú puedes…

Carlos la tomó por los hombros entonces.

–No es asunto de Nancy, no tiene por qué saberlo.

¿Significaba eso que no se acostaban juntos o que con ella había tenido más cuidado? Pero no quería que le importase la respuesta porque odiaba que tuviese tanto poder sobre sus sentimientos. Cuando estaba tan cerca parecía tener fiebre, pensó, enfadada consigo misma. Y resultaba demasiado fácil olvidar lo que era importante en ese momento y difícil mantener la cabeza fría.

–¿Qué te han dicho en el laboratorio?

Carlos deslizó las manos por sus brazos antes de meterlas en los bolsillos del pantalón.

–Puedo darte la lectura de motilidad y el recuento de espermatozoides, si eso es lo que quieres. Pero aunque las posibilidades son muy pequeñas

–Carlos tragó saliva–, la verdad es que, de manera inesperada, existe la posibilidad de que pueda tener hijos.

Ese gesto, verlo tragar saliva, decía mucho más que cualquier otra cosa. Y, contra su voluntad, Lilah sintió cierta compasión por él. Qué día tan complicado para Carlos... aunque eso no excusaba que hubiera traicionado su amistad en los últimos meses. Pero lo importante no era eso, lo importante era hacer planes para el niño.

Lilah se mordió los labios.

–Me imagino que ha sido una sorpresa para ti.

–Mis sentimientos son irrelevantes –la interrumpió él, volviendo a ponerse esa máscara de frialdad que usaba tan a menudo–. He hablado con un colega de ginecología y podemos hacer una prueba cuando estés de doce a catorce semanas para determinar la paternidad.

¿Seguía dudando de su palabra?, pensó Lilah, atónita. Y ella sintiendo compasión por él...

Furiosa, se apartó.

–Muy bien. Has dicho lo que querías decir, ya puedes marcharte.

–En realidad, no he terminado.

–Pues lo siento, pero yo ya he tenido más que suficiente de tu compañía por un día.

–Sé que hoy ha sido un día difícil para los dos, Lilah. Y sea el resultado el que sea, la verdad es que tendremos que vernos. O por el embarazo o porque trabajamos juntos. Supongo que tú no tienes intención de dejar el hospital y yo tampoco.

–Pero eso no ha evitado que te comportases

como un idiota integral desde el mes de diciembre –Lilah clavó un dedo en su torso–. Puede que otras personas estén dispuestas a soportar tus cambios de humor porque eras una leyenda en el hospital incluso antes de descubrirse que eres de sangre real, pero en mi opinión eso no te disculpa en absoluto.

–Y tienes toda la razón –dijo él, sonriendo por primera vez en mucho tiempo. Y el poder de esa sonrisa era abrumador.

–¿Perdona?

–Ya me has oído. Tienes razón, he sido... ¿cómo me has llamado antes, un idiota integral?

Lilah se dejó caer en el sofá, intentando asimilar aquella nueva sorpresa.

–¿Se puede saber por qué has cambiado de opinión?

Carlos se sentó en un sillón gris, frente a ella.

–Fue al verte con Nancy en la oficina.

–¿Qué tiene eso que ver?

–Deberíamos haber hablado después de nuestra impetuosa noche juntos.

Sorprendida de nuevo, Lilah se mordió la lengua para no decir lo que pensaba.

–Sigo diciendo lo que dije a la mañana siguiente –Carlos la miraba intensamente, sus manos estaban tan cerca que podría tocarla en cualquier momento–. No debería haber dejado que las cosas fueran tan lejos, pero también debería haber imaginado que nuestra relación no volvería a ser la de antes.

Durante los últimos meses, él había trabajado más horas que nunca y no tenía un rato libre para tomar un café con ella, como solían hacer antes. Aunque, aparentemente, sí había encontrado tiempo para salir con Nancy.

Demonios, el monstruo de ojos verdes era tenaz.

–¿Qué quieres decir?

–Tenemos una semana antes de la prueba de paternidad y propongo que la aprovechemos.

Lilah lo miró, recelosa. ¿Decía éso por el beso? Aunque podría haberse dejado llevar por la tentación unas semanas antes, ahora que sabía que estaba embarazada debía ser juiciosa.

–¿En qué sentido?

–Vamos a tomarnos una semana de vacaciones. Dejaremos Washington y el trabajo atrás para concentrarnos en aclarar las cosas.

¿Quería irse de vacaciones, él, que jamás se tomaba un día libre?

La oferta era tan inesperada, que Lilah se preguntó si hablaría en serio. Pero ella sabía cuál sería el resultado de la prueba de paternidad y aquélla podría ser su única oportunidad de resolver sus sentimientos por Carlos. La única oportunidad de proteger su corazón para las muchas veces que tendría que verlo en el futuro.

–Una semana fuera del hospital –repitió–. ¿Solos tú y yo?

–Eso es –Carlos asintió con la cabeza y, al hacerlo, un mechón de pelo cayó sobre su frente. Trabajaba tantas horas que incluso olvidaba cortarse el pelo.

–¿Y qué pasará con tus pacientes… con esa niña afgana a la que has operado hoy?

–Mi parte del proceso ha terminado y otros médicos se ocuparán de ella. En cuanto a los demás pacientes, permite que te recuerde que no soy el único cirujano del hospital.

Desde luego que no. Y esos cirujanos le debían horas de trabajo por las innumerable veces que se había hecho cargo de sus pacientes, por los incontables días de fiesta en los que se había quedado de guardia para que ellos pudieran estar con sus familias.

Aun así, no podía creer que Carlos estuviera dispuesto a dejarlo todo. Tenía que haber alguna trampa.

–¿Dónde iríamos?

–¿Qué tal a Colorado? Mi familia tiene una casa allí.

–¿Quién más vive en esa casa?

–Nadie. En realidad, es un hotel, pero ahora está vacío, completamente a nuestra disposición.

¿Solos, los dos? Aunque no estaba preparada para conocer a su familia, tampoco estaba segura de que pasar una semana a solas con su ex amante fuese una gran idea.

Aunque el recuerdo de lo mal que se había portado con ella podría ser una protección. Lilah pensó en la vida que crecía dentro de ella y supo que no tenía alternativa. Aquél era un niño inesperado, en un momento en el que había empezado a preguntarse si tal vez la maternidad no estaba en su futuro. Pero desde el momento en que oyó el latido de ese corazoncito en la ecografía supo que haría cualquier cosa, absolutamente cualquier cosa por su hijo.

Incluyendo pasar una semana a solas con Carlos Medina de Moncastel.

Frente al portal del edificio de Lilah, Carlos subió a su Mercedes SUV y apoyó el brazo sobre el volante. Por las ventanillas tintadas veía caer la lluvia y escuchaba el sonido de las olas…

Los sitios de playa le gustaban, como a sus hermanos, seguramente porque les recordaban a la isla de San Rinaldo. Su hermano mediano, Duarte, había salido de la fortaleza que su padre había construido en la costa de Florida para crear hoteles frente al mar antes de instalarse en Martha's Vineyard. Antonio, el más joven de los tres, se había ido a un clima más cálido en la bahía de Galveston, donde se había convertido en un magnate naviero. Irónicamente, incluso su hermanastra, Eloísa, había pasado gran parte de su vida en Pensacola, Florida, antes de instalarse con su marido en Hilton Head, Carolina del Sur.

De modo que parecía evidente que esa atracción por la costa era algo genético.

El científico que había en él ni siquiera protestó por tal pensamiento porque sentía la prueba en sus venas. Sólo una vez había sentido algo tan poderoso, la noche que pasó con Lilah. Y durante los últimos meses había tenido que hacer un esfuerzo para no pedirle que la repitiesen. No podía ser, tenía que seguir adelante.

Aquel día había demostrado su fracaso y ahora iba a pasar una semana con ella… siete días para solucionar las cosas, para hacer las paces y llegar a algún tipo de acuerdo que duraría el resto de sus vidas. O se quedaba con ella para ser el padre de su hijo o la arrancaba de su corazón si había mentido sobre la paternidad del niño.

Para conseguir ese objetivo necesitaba alejarla de allí, estar en un sitio que él pudiese controlar, sin sorpresas del trabajo o de la prensa.

Carlos sacó el móvil del bolsillo de la chaqueta y llamó a su hermano Duarte, el siguiente en la línea de sucesión al derrocado trono de San Rinaldo.

Duarte contestó inmediatamente.

–Dime, hermano.

Carlos no se molestó en disculparse por llamar tan tarde, tres horas más tarde para Duarte, que vivía en la Costa Este. Sus hermanos y él no hablaban a menudo, pero cuando uno llamaba, los demás lo dejaban todo.

–Solamente llamo para ver cómo está nuestro padre.

Enrique Medina de Moncastel llevaba seis meses muy enfermo por un problema renal.

–Sigue aguantando. Es duro, ya sabes. Estoy empezando a creer que va a salir de ésta después de todo.

Desde una perspectiva médica, Carlos sabía que no había muchas posibilidades, de modo que optó por hablar de otra cosa.

–Puede que vaya a visitarlo en unos días. Pero no se lo diré hasta que esté seguro.

«Seguro de que el hijo que Lilah espera es hijo mío».

–Dime cuándo quieres ir. Kate y yo estaremos allí.

Carlos escuchó entonces un frufrú de sábanas y el murmullo de una mujer. Duarte estaba comprometido con una periodista, una elección extraña y absolutamente absurda, especialmente sabiendo cómo era su hermano. Pero se había enamorado. No le cupo la menor duda cuando lo vio con ella en la boda de Antonio, un par de meses antes.

Normalmente, no le gustaba ir a la isla en la que habían vivido desde que se fueron de San Rinaldo porque había tantos malos recuerdos allí... el centro de rehabilitación y la clínica en los que había pasado la mayor parte de sus años de adolescencia. Sus hermanos eran los únicos amigos que tuvo allí y entre las operaciones y las largas estancias en la clínica, Carlos no había podido aprender mucho sobre relaciones.

Entonces miró la puerta del histórico edificio de Lilah, pensativo.

–Puede que vaya con alguien.

–¿Con quién?

–Una amiga.

Cuando miró hacia el ático, le pareció que Lilah estaba en la ventana, pero la luz se apagó enseguida. Debía de haberse ido a dormir. Y se puso nervioso al imaginarse quitándole la ropa, tumbándola sobre el colchón, entrando en ella…

Y esperando que ese hijo fuera suyo para poder hacer el amor con Lilah una y otra vez y a la porra las consecuencias en su bien ordenado mundo.

–Vamos a pasar unos días juntos mientras echo un vistazo a algunas de las inversiones familiares.

Enrique tenía propiedades por todo Estados Unidos, incluso algunas fuera del país. Inversiones inteligentes, sí, pero también adquiridas para crear confusión sobre el paradero de la familia real.

Enrique había empezado a repartir esas propiedades entre sus hijos y, aunque a él no podía importarle menos su herencia, sabía que era inteligente proteger los intereses familiares. Además, con ese dinero podía hacer donativos a organizaciones benéficas. Podía hacer posible que niños de países subdesarrollados pudieran recibir tratamiento médico, que disfrutasen de su infancia como él no había podido hacerlo.

Pero se negaba a pensar en el pasado. Él prefería mirar hacia delante y controlar su futuro… y normalmente tenía éxito. Pero en un día como aquél, el pasado, sus heridas y la sensación de pérdida parecían más cerca que nunca.

Suspirando, Carlos contuvo la tentación de imaginar el rostro de un niño. Su hijo.

Esperaba con todo su corazón que Lilah no lo hubiese engañado. Y si decía la verdad… si decía la verdad, no podría seguir viviendo la existencia solitaria que lo aislaba del pasado.

–Duarte, te llamaré dentro de unos días. Que duermas bien, hermano.

Después de cortar la comunicación volvió a mirar hacia las oscuras ventanas del ático, donde Lilah seguramente ya estaría durmiendo. Sola esa noche, pero no por mucho más tiempo.

Al día siguiente empezaría su campaña para recuperarla con un viaje a la casa familiar de Vail, Colorado. Con un poco de suerte, un par de noches frente a la chimenea derretirían su fría mirada y el bloque de hielo que Carlos había sentido en el pecho desde aquella mañana que Lilah se fue de su cama.

Capítulo Cuatro

Lilah no paraba de correr desde que se levantó de la cama esa mañana. Había hecho montones de llamadas al hospital para que su secretaria cancelase las reuniones de esa semana mientras hacía el equipaje, se vestía y dejaba el ático limpio para aquella escapada con Carlos.

Pero mientras iban al aeropuerto, con la lluvia golpeando el techo solar de la limusina, se dio cuenta de la enormidad de lo que estaba haciendo.

No podía creer que hubiera aceptado ir con él o que Carlos hiciera algo tan impulsivo siendo un hombre naturalmente metódico. Tal vez por eso había aceptado. Debía de estar tan abrumado como ella para sugerir algo así.

Aunque no parecía abrumado mientras hablaba por teléfono con los médicos a los que había dejado sus casos. No, miraba por la ventanilla totalmente concentrado, pensando en sus pacientes.

Incluso con vaqueros y jersey daba la impresión de ser un hombre que lo tenía todo controlado. Su dedicación a los pacientes la emocionaba y tal vez por eso no le pidió al conductor que la llevase de vuelta a casa.

Aquel día, Carlos estaba comprobando el estado de la niña afgana a la que había operado el día anterior, dando órdenes y consejos al resto de su equipo.

Nerviosa, Lilah empezó a sentir un picor en el cuello y metió la mano bajo la cremallera del vestido de cachemir.

Carlos cortó la comunicación en ese momento y se volvió hacia ella.

–Me imagino que habrás podido dejarlo todo arreglado para viajar hoy. Ayer no te pregunté, discúlpame.

–Hablé con mi médico y me dijo que no había ningún problema. He traído vitaminas y sé cuidar de mí misma, no te preocupes.

–¿Quieres beber algo, agua mineral, un refresco? –le preguntó Carlos, señalando la mini–nevera.

–No, gracias.

–¿Tienes mareos por las mañanas?

–Sí, casi todos los días –respondió Lilah–. Las náuseas no son agradables, pero puedo soportarlas –añadió, sospechando que Carlos quería relegarla al papel de paciente–. ¿Y por qué tanto interés por el embarazo de repente? ¿Buscas pruebas de que no estoy de tres meses?

–Lilah…

–Supongo que sabrás que una mujer embarazada puede viajar hasta que está de ocho meses.

Carlos pasó un brazo por el respaldo del asiento.

–No quiero discutir contigo. Se supone que debemos encontrar un terreno común.

Aunque tenía razón, Lilah seguía molesta.

–¿Cómo puedes olvidar lo que pasó ayer y portarte como si no ocurriese nada?

–Es cuestión de dejar las cosas atrás. Y tú haces lo mismo todos los días. ¿Cómo si no funcionas durante una crisis en el hospital?

–Eso es diferente. La vida no es una crisis continua.

–Si tú lo dices…

¿Su embarazo era una crisis para él? ¿Entonces por qué había sugerido que pasaran unos días juntos, para controlar los daños?

–Me imagino que te relajarás en algún momento, que tirarás esas barreras tan altas.

–Bajar la guardia es un error peligroso.

¿Peligroso?

–¿Por tu familia?

–Ah, por fin has recordado mis raíces reales.

–¿Por qué lo dices así? Suena raro.

Él ladeó la cabeza.

–Siempre agradecí que me tratases de la misma forma cuando se descubrió mi identidad.

–¿Es por eso por lo que cambió nuestra relación? ¿Es por eso por lo que ocurrió lo que ocurrió esa noche?

Carlos se pasó una mano por la cara, pensativo.

–En parte, supongo. Tú eras la única persona que no me hacía preguntas.

Porque había visto que los demás lo trataban de otra manera y se daba cuenta de que eso lo hacía sentir incómodo. Y, francamente, su trabajo en el hospital le parecía mucho más admirable que su sangre azul.

Que prefiriese vivir en el anonimato la impresionaba, además.

–Gracias, Carlos.

–¿Por qué?

–Por decir eso.

Por hacerla sentir que pasar una semana con él era lo que debía hacer. Necesitaba aquel viaje.

Lo necesitaba a él.

Sin darse cuenta, miró su boca, tan masculina y tan tierna a veces. Recordó entonces la primera vez que se besaron en la cena benéfica, en el jardín del ático, con una romántica nevada dándole un brillo de cristal a todo. En cuanto la boca de Carlos rozó la suya sintió que provocaba un incendio en su interior.

Como el que estaba empezando a provocar en ese momento.

Sería fácil apoyarse en él, volver a sentir lo que había sentido esa noche. Qué curiosa mezcla de sentimientos experimentaba por aquel hombre. Lo que sentía por él no se parecía a nada que hubiera sentido antes y todos los demás hombres palidecían en comparación. Aunque era un error, porque Carlos seguía sin confiar en ella.

El golpeteo de la lluvia en el techo del coche parecía encerrarlos en un capullo, alejados de todo lo demás. Carlos inclinó un poco la cabeza hacia ella, cerca, pero no tan cerca como para besarla. Evidentemente, estaba haciéndole saber que quería hacerlo, pero esperaba que ella diera el primer paso.

Lilah tragó saliva. ¿Se atrevería? ¿Podría retomar su relación con él antes de que la llegada del niño lo complicase todo? ¿Sería capaz de disfrutar del placer que encontraba con Carlos sin pensar en nada más?

La espaciosa limusina estaba llena de posibilidades. Además, llevaba un vestido, de modo que podría sentarse sobre él o echarse hacia atrás e invitarlo a colocarse encima...

El deseo se convirtió en un cosquilleo que la hizo cerrar las piernas.

El conductor de la limusina tomó la salida de la autopista y Lilah se puso colorada al pensar en lo cerca que había estado de echarse en los brazos de Carlos. Nerviosa, se deslizó un poco más hacia la puerta, tirando del bajo de su vestido hasta que casi rozó el borde de las botas negras.

La limusina se detuvo entonces. Habían llegado al aeropuerto y, aunque saldrían del coche enseguida, sólo estarían cambiando aquel sitio por el interior de un jet privado.

Antes de que pudiera disimular los nervios, el conductor le abrió la puerta, sujetando un paraguas para protegerla de la lluvia. Lilah miró el aeropuerto privado, un sencillo edificio de madera con cuatro hangares y una sola pista. Un Learjet estaba despegando en ese momento.

Mientras dos hombres de traje oscuro se acercaban para hablar con Carlos, Lilah no podía dejar de mirar a una familia que esperaba en la puerta de la terminal. El padre intentaba que el hijo mayor no se metiese en los charcos mientras la mujer sostenía a un bebé con un impermeable amarillo que lo cubría por completo.

Sin darse cuenta, se llevó una mano al abdomen mientras disimulaba un suspiro. Pero era difícil contener la esperanza, especialmente cuando Carlos había dado el primer paso.

Haciéndose ilusiones, pero intentando contenerlas al mismo tiempo, miró hacia la puerta de la pequeña terminal donde empezaría su viaje.

Había una joven con un paraguas rojo que los saludaba con la mano.

Una chica cuyo rostro le resultaba familiar.

Lilah estuvo a punto de tropezar.

No podía ser…

Pero un segundo después sus sospechas se vieron confirmadas. La chica no era otra que Nancy Wolcott, la supuesta ex novia de Carlos.

Demonios.

Carlos hizo una mueca. ¿Qué estaba haciendo Nancy Wolcott en el aeropuerto?

No entendía qué hacía allí. Le había dejado claro, de la manera más amable posible, que no podía haber nada entre ellos. Y Nancy parecía haberlo entendido. Sí, se había mostrado decepcionada, pero no demasiado.

Carlos aceptó el paraguas que le ofrecía el conductor y tomó a Lilah del brazo. Pero su expresión dejaba bien claro que también ella había visto a Nancy.

No podía haber elegido peor momento, pensó. Los progresos que había hecho durante el viaje en la limusina quedaron destrozados en un segundo.

–¡Hola! –los llamó Nancy–. ¡Aquí, aquí!

Carlos miró a Lilah de soslayo y vio que tenía los labios apretados, los tacones de sus botas repiqueteaban sobre el suelo mojado con evidente furia. La había visto caminar con el mismo ritmo cuando salía de un consejo de administración particularmente irritante.

Pero aquél no era el momento de preguntarse por qué la conocía tan bien como para distinguir su estado de ánimo por un simple taconeo.

Deteniéndose al lado de Nancy, Carlos intentó contener su frustración.

–Cuánto me alegro de haber llegado antes de que os marchaseis –dijo Nancy.

–¿Cómo sabías que estaríamos aquí?

–No es un secreto de estado, ¿no? Sólo quería despedirme –Nancy cerró el paraguas y miró a Lilah con cara de sorpresa–. Pero no sabía que ibais a viajar juntos. Ayer no me lo dijiste.

Atónito por su aparición cuando el día anterior le había dejado claro que no había nada entre ellos, Carlos se preguntó cómo era posible que se hubiera equivocado tanto con Nancy.

¿Qué lo había hecho salir con ella después de estar con Lilah?, se preguntó. Eran dos personas completamente diferentes. Tal vez había elegido a Nancy precisamente por eso.

¿Tan asustado lo había dejado su noche con Lilah?, se preguntó. Eso era algo sobre lo que debería meditar.

–Sólo quería charlar contigo un momento... sobre lo que hablamos ayer en el hospital –siguió Nancy.

–Tengo que hacer unas llamadas –intervino Lilah–. Si me perdonáis un minuto...

–No, no te vayas –Carlos la tomó del brazo–.

Nancy, lo siento, pero no tenemos nada más que decir. Creo que ayer lo dejé bien claro.

Hablaba con firmeza, intentando no ser cruel. Pero Nancy debía entender que no podía haber nada más entre ellos.

La chica dejó de sonreír.

–Sí, tienes razón. Perdona por haber venido, sólo quería que nos despidiéramos de una forma más amistosa –le espetó, mirando a Lilah con una sonrisa helada–. Que tengáis buen viaje.

Abriendo su paraguas, Nancy corrió hacia el aparcamiento y Carlos sacudió la cabeza, molesto consigo mismo por no haber sido más claro el día anterior.

Cuando el coche desapareció del aparcamiento, se volvió para mirar a Lilah.

–¿Vamos a encontrar más fans esperando antes de subir al avión? –le preguntó ella, irónica.

–Lo que me preocupa es cómo se ha enterado de que estaríamos aquí –Carlos sacó el móvil del bolsillo, pero enseguida volvió a guardarlo–. Y qué sabe de nuestros planes de viaje.

Tenía que llamar al jefe de seguridad de su familia. Quería seducir a Lilah, pero lo más importante en aquel momento era su seguridad. Una vez que estuvieran en el avión, intentaría averiguar cómo había descubierto Nancy Wolcott su itinerario.

Lilah se desabrochó el cinturón de seguridad para mirar el cielo nocturno por la ventanilla. Cualquier cosa para no mirar a Carlos, que dormía en el otro asiento.

Antes de despegar había estado haciendo llamadas a cierto «equipo de seguridad» que ella no sabía que tuviera, para averiguar cómo había descubierto Nancy que estarían en el aeropuerto a esa hora.

Un equipo de seguridad. Y después de darle órdenes a «su gente», se había quedado dormido en un segundo, una habilidad que tenían la mayoría de los cirujanos, que aprovechaban para descansar durante los largos turnos en el hospital.

¿Cómo podía parecerle tan familiar pero tan diferente fuera del hospital?, se preguntó. Ella no era millonaria, pero tenía cierta seguridad económica y había crecido rodeada de estrellas de cine debido al trabajo de su padre... aunque solían vivir por encima de sus posibilidades.

Aun así, su experiencia con los ricos y famosos no podía compararse con el nivel de la familia Medina de Moncastel. Aunque no podía negar que la atraía físicamente, se negaba a dejarse llevar por ese mundo de itinerarios secretos, limusinas y jets privados. Y una decidida radióloga cuyo comportamiento empezaba a parecer seriamente perturbado.

Lilah se agarró al brazo del asiento. Ver a Nancy Wolcott esperando era un buen recordatorio de lo poco que sabía sobre Carlos. Y lo importante que era ir con cuidado.

Entonces miró por la ventanilla de nuevo. Si su relación fuese como la que habían mantenido durante cuatro años, antes de esa cena benéfica que lo había cambiado todo... entonces era capaz de disimular la atracción que sentía por el cirujano que aparecía en sus sueños.

Carlos no creía que los sueños fueran en blanco y negro. Los suyos siempre habían sido en vívidos colores, totalmente reales. Tal vez porque siempre había tenido un sueño ligero.

De niño le habían enseñado a estar en guardia permanentemente y más tarde el sueño le había sido negado debido al dolor de las operaciones. Y ahora tenía que estar alerta para controlar a sus pacientes.

En aquel momento, el sueño se mezclaba con el ruido de los motores del avión y el perfume de Lilah… un perfume que lo llevaba de vuelta a la cena benéfica de tres meses antes…

Dos enormes árboles de Navidad decoraban el salón de actos del hospital. Carlos tomó un sorbo de agua mineral, negándose a tomar alcohol hasta que terminase la fiesta. Aunque las Navidades significaban celebraciones y reuniones familiares para la mayoría de la gente, él prefería una botella de whisky… a solas.

Pero antes tenía que cumplir con su obligación.

Odiaba estar allí, pero su presencia era necesaria. A los ricos patronos del hospital les gustaba tratar con los médicos que usaban su dinero para salvar vidas.

Y, desde que se descubrió su verdadera identidad, él era la celebridad del momento. Carlos entregaría tranquilamente su herencia si así se ahorrase tomar parte en aquel circo. Pero ni siquiera la fortuna de su familia sería suficiente para librarle de aquello.

Le dolía la espalda después de un día de trabajo en el quirófano y ver a Lilah fue la única distracción agradable en un día agotador. Su pelo castaño rojizo estaba sujeto en un recogido del que escapaban algunos mechones en lugar del moño prieto que solía hacerse a diario. Durante las horas de oficina llevaba trajes de chaqueta oscuros, capas y capas de ropa que lo hacían imaginarse a sí mismo desnudándola poco a poco. Pero esa noche llevaba un vestido que dejaba sus hombros al descubierto y Carlos tuvo que cerrar los puños para contenerse.

El vestido dorado que llevaba era una especie de túnica que le daba un aspecto de diosa griega, las lentejuelas brillaban bajo las luces de las lámparas. Pero el brillo de sus hombros hacía palidecer todo lo demás.

Sonriendo, ella se inclinó hacia la persona con la que estaba hablando antes de acercarse a él, con la tela del vestido acariciando sus piernas.

Llevaba cuatro años resistiéndose a esa atracción, pero era algo persistente, presente en cada momento, cada día más doloroso.

Esa noche, con los recuerdos de aquella última Navidad en San Rinaldo y de las balas que habían matado a su madre, Carlos no tenía fuerza de voluntad para resistirse.

Capítulo Cinco

El teléfono del avión sonó en ese momento y Lilah apartó la mirada de la ventanilla, indecisa. Iba a levantarse para contestar, pero Carlos se despertó sobresaltado y tomó el auricular a toda prisa.

–¿Sí? –murmuró, pasándose una mano por la cara.

Y, de repente, volvió a estar alerta, de nuevo era el cirujano al que ella conocía tan bien. Después de murmurar, «muy bien», «de acuerdo» y «tenme al corriente», un par de veces, volvió a colgar y se levantó del asiento haciendo una mueca de dolor.

–Aparentemente, Nancy descubrió mis planes de viajar por una nota que Wanda había dejado sobre su escritorio. Y si ése es el caso, sólo conoce la localización del aeropuerto.

Lilah asintió con la cabeza.

–Es un alivio pensar que Nancy no estará esperándonos cuando aterricemos en Vail.

–Siento haber dormido tanto rato –se disculpó él entonces, mirando el reloj–. Debes de tener hambre. El auxiliar de vuelo puede traer algo de comer. Lo que tú quieras.

–¿Qué tal una hamburguesa doble con queso y beicon, pastel de chocolate y helado de fresa? –bromeó Lilah.

Carlos pulsó un botón.

–Veremos lo que se puede hacer.

–No, no, era una broma. La verdad es que aún no tengo hambre. Sólo necesito estirar un poco las piernas. Los asientos son fabulosos, por cierto –le dijo. Lo eran, como lo era todo en aquel avión privado–. Pero me duele la espalda si estoy sentada mucho tiempo.

Carlos la estudiaba, con el ceño fruncido, pero sin decir nada. Esos anchos hombros bajo el jersey de cachemir negro parecían llamarla... y cuando miró su boca, Lilah no pudo evitar pasarse la lengua por los labios.

Carlos y ella tenían una conexión sensual, lo sabía, pero no había una conexión emocional. Y mientras recordase eso, sería capaz de proteger su corazón.

Él se acercó entonces para poner los dedos en la base de su espina dorsal.

–¿Qué haces?

Cuando siguió aplicando presión, Lilah dejó escapar un suspiro de alivio.

–¿Te duele mucho?

–No, sólo un poco... justo ahí.

Carlos sabía qué hacer, estaba claro. Él vivía sufriendo constantes dolores y sin quejarse nunca.

–No te preocupes, ya se me está pasando.

–Sólo intento ser considerado, así que deja de discutir. Órdenes del médico.

–Muy bien, de acuerdo.

Qué especial hubiera sido eso de haber ocurrido el día después de que se acostaran juntos, pensó. O si él se hubiera disculpado apropiadamente el día anterior por haber sido un imbécil durante todos esos meses. O si le hubiera dado una explicación razonable para su comportamiento.

Pero no lo había hecho y ella era una mujer práctica. Y, por lo tanto, disfrutaría de aquel masaje todo lo posible. Era algo físico, no tenía nada que ver con sus emociones.

Hablar, sin embargo, la ayudaría a recordar la realidad.

–No hemos hablado desde que subimos al avión. ¿Es tuyo?

–Mi familia posee una pequeña flota de aviones privados –contestó él–. Es una buena inversión que, además, nos permite viajar donde sea sin tener que esperar colas o compartir asientos con desconocidos.

–Y nadie conoce vuestros itinerarios.

–Ésa es la idea. Afortunadamente, yo he podido llevar una vida relativamente normal desde que se dio a conocer mi identidad. Tú diriges el hospital con mano de hierro y te lo agradezco, pero en el mundo real debo tener cuidado.

Eso explicaba que pareciese tan preocupado por la repentina aparición de Nancy.

Carlos siguió masajeando su espalda hasta llegar a los hombros.

–Así, relájate, déjate ir –murmuró.

Incapaz de resistirse, Lilah inclinó un poco la cabeza hacia atrás. Estaba tan cerca que podía oler la menta de su pasta de dientes. ¿Cómo sería si le dijera eso mientras hacían cosas más... íntimas?, se preguntó.

Pero tenía que dejar de pensar tonterías.

–De modo que tu familia tiene una flota de aviones privados para los ricos y famosos –fue lo primero que se le ocurrió.

Ella había viajado en aviones privados con su padre cuando era niña. Pero pensar en su padre era peor que pensar en Nancy.

–En realidad, mi padre diversificó la compañía hace unos años, de modo que cuando no necesitamos ningún avión, se usan para servicios de emergencia. Incluso de rescate.

–Ah, de modo que es un filántropo. Se parece a ti entonces.

–Tú eres la primera persona que dice eso.

–¿Cómo describirías a tu padre?

Carlos se puso tenso.

–Está enfermo.

No era eso lo que esperaba que dijera. Lilah intentó volverse para mirarlo, pero en ese momento estaba estirando su espalda y no podía hacerlo.

–Lo siento. ¿Qué le pasa?

–Tiene un problema de hígado –respondió él–. Durante nuestra huida de San Rinaldo pasó algún tiempo escondido, viviendo en pésimas condiciones sanitarias.

Ella había leído algo sobre la familia real de San Rinaldo, pero no conocía los detalles. Y escuchar eso de labios de Carlos la hacía imaginar el miedo que debieron de pasar.

–Debió de ser horrible para tu familia.

–No fue fácil, desde luego –murmuró él, masajeando sus hombros–. Nosotros no estábamos con él. Mi madre, mis hermanos y yo habíamos tomado una ruta diferente cuando los rebeldes atacaron. Mi padre no quería que nos capturasen a todos, de modo que tomó una ruta diferente.

–¿Cuántos años tenías tú entonces?

–Trece.

Carlos metió la mano bajo el vestido, presionando vértebra a vértebra. El sensual roce de sus manos era tal contraste con lo que le estaba contando... pero Carlos siempre había sido una pura contradicción. El cirujano compasivo, el severo profesional. El tierno amante, el amigo reservado.

Era evidente que quería mantener su relación en un plano físico más que emocional. Y sería perfecto, ya que ella había pensado lo mismo... hasta unos meses antes.

Lilah echó la cabeza hacia delante mientras él seguía dándole un más que bienvenido masaje.

Notó que bajaba la cremallera del vestido, sólo un poco, pero contuvo la respiración.

–Sólo estoy dándote un masaje en la espalda para que estés más cómoda.

–Ya lo sé. ¿Crees que soy tonta?

–Lo que quiero decir es que no haré nada, a menos que tú me lo pidas.

A Lilah se le aceleró el corazón ante la imagen que conjuraba esa frase. Pero se obligó a sí misma a pensar en otra cosa. Ninguna tentación la llevaría a un terreno tan peligroso otra vez. Ella no sería la próxima Nancy Wolcott, corriendo hacia su coche mientras Carlos la miraba con total frialdad.

–No voy a pedirte nada más.

–Eso suena como un reto.

Lilah se volvió ligeramente para mirarlo, sus bocas estaban tan cerca que si se movieran un milímetro, podrían besarse.

–¿De verdad prometes no hacer nada más?

Carlos la miraba con esos ojos suyos, tan serios. Era evidente que la deseaba. No estaba pensando en otra mujer.

–Tienes mi palabra. Dime que pare y lo haré, sin dudar –dijo con voz ronca.

–Entonces, sigue con lo que estás haciendo.

Podía manejarlo, pensó. Pero se preguntaba hasta dónde querría llevar aquel juego.

Carlos bajó un poco más la cremallera y siguió masajeando de forma persistente la zona dolorida hasta la base de la espina dorsal, sus dedos rozaron el elástico de las braguitas.

El vestido empezó a caer hacia delante y cruzó los brazos para sujetarlo en su sitio, pero no podía decirle que parase. La presión de sus manos, tan cerca de donde las quería, donde las necesitaba, sólo servía para excitarla.

Estaban jugando con fuego y lo sabía, pero confiaba en él y si había prometido no seguir adelante sin su permiso, lo haría. De modo que se dejó llevar.

Aquel hombre había convertido los masajes en un arte, pensó. El roce de sus manos la calmaba y la excitaba al mismo tiempo, era a la vez el experto cirujano y el irritante príncipe.

Pero había pasado tanto tiempo desde la última vez que un hombre la tocó...

Según los libros sobre el embarazo que había leído, el dolor de espalda aumentaría con el paso de los meses, como un cósmico preludio al parto. De repente, Lilah sintió cierta ansiedad al pensar en ese día, un día que tendría que vivir sola.

–Tranquila –murmuró Carlos, tirando de ella hacia atrás–. No pienses en nada. Te estás poniendo tensa otra vez y, aunque me encanta darte un masaje, no quiero que el esfuerzo sea en balde.

Había puesto las manos bajo sus pechos, tan cerca que sus pezones se endurecieron bajo el sujetador. Notaba el calor de su cuerpo en la espalda, apretado contra su columna. Le gustaría echarse hacia atrás y frotarse contra él, tomar sus manos y ponerlas sobre sus pechos...

Sólo era algo físico, se recordó a sí misma. Pero su fuerza de voluntad empezaba a esfumarse.

–Creo que es hora de parar.

Carlos se apartó de inmediato. Sin decir una palabra, sin protestar. Pero su cuerpo protestó de manera bien clara. Sujetando el vestido, Lilah se volvió para mirarlo, con el corazón acelerado.

–Los dos… –empezó a decir, pero le temblaba la voz y tuvo que carraspear antes de seguir–. Los dos sabemos que hay una atracción entre nosotros. Y también sé que puedo desearte aunque no me gustes demasiado, pero no creo que fuese buena idea empezar algo que…

–Espera un momento –la interrumpió él–. No tengo intención de seducirte.

–Ah –murmuró Lilah. Eso sí que era dejarla a una sin palabras–. ¿Entonces a qué ha venido ese seductor masaje?

Carlos bajó las manos.

–Lo he hecho para que te relajases y para que te convencieras de que no voy a lanzarme sobre ti. Y puedes seguir disfrutando, no tienes que estar en guardia.

Hablaba con total confianza, con absoluta seguridad.

Incluso en vaqueros, aquel hombre era un príncipe, destinado a liderar y, en aquel momento, le gustaría seguirlo.

«Respira», se dijo a sí misma. «Respira».

–¿Qué quieres hacer?

Carlos sonrió, el brillo de sus ojos oscuros hacía que se le pusiera la piel de gallina.

–Voy a besarte.

Capítulo Seis

Con la suave piel de Lilah tatuada en su memoria, grabada en su cerebro, marcada en su alma, Carlos inclinó la cabeza hacia ella. Pero no para rozar sus labios, sino para apoderarse de su boca.

La había advertido, le había dado tiempo para apartarse y ella no había protestado, no le había pedido que parase. Tal vez no estaba cumpliendo su palabra, pero necesitaba que supiera cuánto la deseaba. Y le dolería como un demonio apartarse, pero lo haría si ella se lo pidiera.

Carlos empezó a explorar su boca, preguntándose cómo era posible que le pareciese tan familiar. Habría reconocido su sabor, su aroma, en cualquier parte.

Estaba quitando capas de Lilah con la misma seguridad con la que ella levantaba su jersey para acariciar su torso. Con la misma que él bajaba la cremallera del vestido.

Sólo las braguitas se interponían entre sus manos y la piel femenina. Le había dicho que durante esa semana deberían intentar entenderse, llegar a un acuerdo, pero el suelo parecía moverse bajo sus pies.

Ella agarró su jersey, seduciéndolo con un simple roce de sus manos, de su lengua.

Nadie lo excitaba como Lilah. Nadie más que ella lo hacía olvidar el dolor de su espalda, el persistente fantasma del pasado. En sus brazos incluso podía olvidar el deseo de borrar la pena y la agonía de su adolescencia, de los niños que lo necesitaban, niños a los que a menudo fallaba como lo hacían todos los médicos.

Y, por todas esas razones, necesitaba tener cuidado con aquella mujer. La única mujer que podía hacerlo olvidar su propio fracaso.

Llevando aire a sus pulmones, algo que hizo poco por evitar que respirase el aroma de Lilah, Carlos apartó las manos y volvió a subir la cremallera del vestido. Miró luego esos ojos de color esmeralda, esos labios húmedos, todas las señales del efecto que sus besos ejercían en ella.

Lilah puso las manos sobre su torso.

–Pensé que no ibas a seducirme.

–¿Te he seducido con un beso? –intentó bromear él.

–No seas idiota. Tú sabes que sí.

–También sé qué más me gustaría hacerte, pero prometí no seguir adelante a menos que tú me lo pidieras –le recordó Carlos–. Además, creo que estamos a punto de aterrizar.

En ese momento, oyeron por el altavoz:

–Les habla el piloto. Por favor, vuelvan a sus asientos y abróchense los cinturones de seguridad. Estamos a punto de aterrizar en Vail, Colorado. En nombre de mi copiloto y en el mío propio, deseo que hayan tenido un viaje agradable.

Habían llegado. Y pronto tendría a Lilah para él

solo en una casa vacía con ocho habitaciones. No sabía si era un genio o un completo imbécil.

Pero si había alguna posibilidad de que Lilah fuera la madre de su hijo, tenían que conocerse mejor fuera del ambiente de trabajo, de modo que aquel viaje tenía sentido. Y aquel beso le había recordado lo bien que se llevaban.

Pero, con hijo o sin él, necesitaba encontrar la forma de arrancar a Lilah de su corazón, y de su cuerpo, antes de que rompiera todas sus defensas. Permanentemente.

Unos días a solas con Carlos de repente le parecían una eternidad.

Mientras el coche subía por el sendero helado, Lilah estudió la casa, cruzando los dedos para que hubiera gente de servicio. No porque quisiera ser atendida las veinticuatro horas del día, sino porque necesitaba algo que impidiera que se acostase con aquel hombre. Carlos, mientras tanto, iba dándole detalles sobre la zona.

La casa tenía tres plantas en el centro, pero varios niveles a los lados. Era una especie de chalé alpino *art decó* que, de inmediato, la cautivó. Construida en madera en la cima de una montaña, tenía enormes ventanales... y las luces encendidas, una señal de que allí había gente.

Carlos conducía el cuatro por cuatro entre los pinos, con ramas cubiertas de nieve, sin dejar de contarle cosas sobre Vail, Colorado. Desde que el piloto anunció que estaban a punto de aterrizar parecía haber pasado de seductor a experto guía turístico.

Por fin, detuvo el coche en un garaje que parecía medir doscientos metros. Lilah había crecido en una familia de clase acomodada, pero incluso ella se quedó asombrada al ver los vehículos que la rodeaban, desde un Lamborghini a un Mercedes descapotable y otros automóviles de alta gama.

Carlos vivía de manera espartana en Tacoma, pero aparentemente, su familia no reparaba en gastos cuando se trataba de «juguetes».

Antes de que pudiera desabrocharse el cinturón de seguridad, él había salido del cuatro por cuatro para abrirle la puerta. Su cojera era más pronunciada en aquel momento, pensó Lilah. Tal vez estaba siendo un día muy largo para él. Y, sin embargo, no se había quejado ni una sola vez.

Sabía que tenía un bastón en su despacho, pero jamás lo había visto usarlo. Era un hombre orgulloso, sin duda. Ofrecerle su brazo estaba fuera de cuestión.

¿Cómo sería tener la libertad de pasar un brazo por su cintura, de tocarlo íntimamente y ayudarlo sin herir su orgullo?, se preguntó. Pero, por muy bien que fuera aquel viaje, ella nunca tendría esa clase de intimidad con Carlos. Y eso le dolió más de lo que podría haber imaginado.

Él se detuvo para desactivar un sistema de seguridad tras otro, como capas de una cebolla. Una cebolla muy paranoica, pensó.

Mientras colgaba su abrigo en un perchero de hierro forjado, miró los enormes ventanales que llegaban hasta el techo, convencida de que los cristales eran blindados.

No había árboles delante de la casa, seguramente para poder admirar el paisaje nevado y el precioso jardín de estilo inglés. O tal vez era un plan de seguridad bien pensado...

Y ella se estaba volviendo paranoica.

Pero tenía que concentrarse en lo bueno de estar allí. Había una piscina fuera y otra climatizada en el interior, las dos con una vista fabulosa de la montaña, que se veía incluso en la oscuridad. Pero no había visto a nadie más en la casa.

En cualquier caso, tenía que admitirlo: era un sitio precioso. Un chalé de montaña amueblado con un gusto exquisito y lleno de cuadros y obras de arte.

–Los Pirineos –dijo Carlos, señalando uno de los cuadros–. Mi familia solía esquiar allí.

Antes del golpe de Estado que los expulsó de San Rinaldo.

Antes de que destronaran a su padre.

Antes de que Carlos perdiera su hogar y a su madre.

Lilah pasó los dedos por un marco de caoba labrada. ¿Cuántas cosas de su herencia europea debía de haber echado de menos durante esos años? Qué amargos debían de ser esos recuerdos.

Carlos abrió una puerta que llevaba a una cocina con electrodomésticos de última generación y granito negro en las encimeras. Una nevera de temperatura controlada para el vino ocupaba una de las paredes, las exóticas etiquetas eran visibles a través de la puerta de cristal.

Carlos se apoyó en la encimera, cruzándose de brazos.

–El servicio está de vacaciones, pero han dejado todo lo que pudiéramos necesitar y podemos llamar a un servicio de limpieza cuando lo necesitemos.

Bueno, eso respondía a su pregunta. De modo que tendría que portarse como una adulta y decidir si iba a dormir sola esa noche o no.

–Puedo lavar el plato que use para comer, no te preocupes.

Él abrió la nevera, de tamaño industrial.

–¿Entonces, qué te parece si comemos algo antes de irnos a dormir?

Quince minutos después, Lilah estaba sentada en un enorme sofá, con Carlos tirado en el de al lado. La chimenea se hallaba encendida, calentando sus pies, las botas estaban tiradas sobre la alfombra.

La chimenea de piedra llegaba hasta el techo y todo olía a pino y cedro, hasta la leña que crepitaba en la chimenea.

Aún nerviosa después del beso en el avión y necesitando algo para calmarse, tomó su taza de té y un plato de sándwiches. Carlos había tomado un bocadillo enorme que él mismo había preparado. Comía como lo hacía todo: con eficiencia, como si la comida no fuera más que gasolina para su cuerpo. Algo necesario, como lavarse las manos antes de cada operación. Tenía dinero y privilegios y, sin embargo, había elegido convertirse en médico y vivir para los demás, pensó Lilah, sintiendo una oleada de admiración.

Ella había visto cuántos médicos acababan quemados y tal vez Carlos necesitaba esa semana libre por razones que ni él mismo era capaz de reconocer.

–Este sitio es… no sé cómo describirlo.

No sabía cómo describirlo, pero era exactamente lo que necesitaba. Quisiera reconocerlo o no, había sido estresante descubrir que estaba embarazada y no poder compartirlo con Carlos. Y, en aquel momento, agradecía esos días libres para ordenar su futuro. La casa de la montaña, alejada de todo, era un lugar agradable y acogedor, un refugio en el momento necesario.

Al menos, esperaba que fuera la casa lo que la hacía sentirse así y no el hombre que estaba a su lado.

–Cuando mi padre aceptó por fin que sus hijos no iban a vivir escondiéndose en la isla, intentó controlar que el resto de las propiedades tuvieran todo lo que hacía falta –con la taza en la mano, Carlos señaló alrededor–. Menos razones para salir por ahí.

Lilah pensó en las preocupaciones de un padre por sus hijos. Las de un monarca destronado debían de ser abrumadoras.

–Tenía razones para querer que estuvierais a salvo –murmuró, llevándose una mano al abdomen.

–Sí, claro. Pero vivir escondido no es vivir en absoluto.

–Aunque esa vida esté rodeada de lujos.

–Especialmente –asintió él, dejando la taza sobre la mesa–. En cualquier caso, éste es un sitio estupendo para unas vacaciones. Incluso tiene una sala de golf con un simulador de *swing*. Aunque tendremos que olvidarnos de la bodega esta vez, ya que estás embarazada.

¿Esta vez? ¿Iba a haber más visitas?

Por supuesto, cuando aceptase que estaba embarazada de su hijo, habría muchas razones para que sus caminos se encontrasen a menudo. Lo supiera Carlos o no, a partir de aquel momento sus vidas estarían unidas por el niño y para siempre.

–La sauna tampoco es una opción –siguió él–. Creo recordar que las mujeres embarazadas pueden sufrir bajadas de tensión en saunas y bañeras.

Lilah carraspeó, nerviosa, al recordar su encuentro en la bañera, la noche que engendraron el niño. Su casa era más bien espartana, salvo por un jacuzzi enorme, tan grande que cabían dos personas. Sabía que lo había instalado por razones prácticas, para aliviar su constante dolor de espalda, pero esa noche habían usado el jacuzzi de manera muy poco práctica.

Al ver el brillo de sus ojos se dio cuenta de que también Carlos estaba recordando ese momento. Y que lo afectaba.

Y desde esa noche, cuando la tocó por primera vez, no había podido dejar de pensar en él…

Desde el jardín del ático, Lilah miraba las luces de Navidad de los edificios que había frente a ella, intentando descansar un rato de la charla con los patronos del hospital. Tan concentrada estaba, que no oyó los pasos tras ella.

Se alarmó durante un segundo, pero enseguida reconoció el paso irregular al que se había acostumbrado después de cuatro años trabajando con Carlos. Le iría bien aquella distracción, pensó, tras la turbadora llamada de su madre, llorando por una nueva aventura de su padre.

Lilah se agarró a la balaustrada de la terraza y, un segundo después, notó que Carlos le ponía un chal sobre los hombros.

–No quiero que pilles un resfriado.

–Ah, gracias –Lilah sonrió–. Esta noche has sido especialmente amable con el consejo de administración, así que no me voy a enfadar si quieres marcharte a casa.

Carlos metió las manos en los bolsillos del pantalón del esmoquin, las luces se reflejaban en sus ojos castaños.

–¿Estás insinuando que he sido menos que amable en el pasado?

–Sé que estas fiestas no son lo tuyo. Normalmente, miras alrededor con una expresión vagamente tolerante, como diciendo que ya has hecho lo que tenías que hacer y estás deseando volver al trabajo. O no dejas de mirar el reloj.

–Sería absurdo mirar el reloj cuando puedo admirar a una mujer tan bella como tú.

Lilah se quedó helada. Llevaban cuatro años siendo amigos y compañeros de trabajo, siempre con cuidado de no cruzar esa línea divisoria. Ella había aceptado tiempo atrás que se sentía atraída por él, pero que Carlos no se daba cuenta.

–No sé qué decir. ¿Gracias?

Se le había acelerado el corazón de una forma loca, absurda. Ella era normalmente una persona muy sensata.

–Si nunca has notado cuánto me gustas, está claro que controlo mis emociones mejor de lo que creía.

–¿Has estado bebiendo? –le preguntó ella entonces.

–Ni una gota –dijo Carlos.

–Yo tampoco.

–En realidad, he tenido un día de perros y algo en tu expresión me dice que tú también. La clase de día que no se puede arreglar con el alcohol.

Afortunadamente, el resto de los invitados seguían dentro y no estaban presenciando ese encuentro, pensó Lilah. No sabía por qué había salido Carlos a buscarla, tal vez necesitaba un poco de paz, como ella.

Lilah parpadeó varias veces, intentando decirse a sí misma que era el viento lo que hacía que sus ojos se hubieran empañado.

–Tú también estás muy guapo.

Carlos tomó su mano entonces y Lilah pensó que era una mano cálida, fuerte, noble. Como él.

–Ya que los dos tenemos la cabeza despejada –empezó a decir, inclinándose un poco para hablarle al oído–, no hay razón para no hacer esto.

¿Eso que había escapado de su garganta era un gemido?

Deliberada, lentamente, los labios de Carlos rozaron su cuello de tal forma que tuvo que agarrarse a la balaustrada para evitar que se le doblasen las piernas.

–Y esto –Carlos capturó el siguiente suspiro con sus labios…

–¿Lilah?

La voz de Carlos interrumpió sus pensamientos, devolviéndola al presente. Estaba en Vail, Colorado, en un refugio de montaña. Pero el recuerdo de aquel beso le había parecido tan real…

Nerviosa, tomó su taza de té para ganar tiempo.

–Perdona, ¿qué has dicho?

–¿Por qué no te has casado nunca?

Esa pregunta tan personal la pilló totalmente por sorpresa y, durante unos segundos, Lilah se quedó callada, el silencio sólo era roto por el crepitar de los leños en la chimenea. ¿Cómo era posible que la conversación hubiera dado un giro tan inesperado?

–¿Por qué no te has casado tú? –replicó–. Tú eres mayor que yo.

–Ah, *touché* –Carlos sonrió–. Perdona si la pregunta te ha parecido sexista. Para mostrar mi contrición, yo contestaré primero: decidí hace mucho tiempo permanecer soltero.

–¿Por qué?

–Por las típicas razones: soy adicto al trabajo y no quiero someter a ninguna mujer a la locura de pertenecer a mi familia.

La última razón no era típica en absoluto.

–Pero he visto mujeres haciendo cola en la puerta de tu despacho. De hecho, Nancy parecía dispuesta a colocarse al principio de la cola.

–Pero yo no las he animado.

–Y aun así, te persiguen –en cuanto lo hubo dicho, se arrepintió porque sonaba celosa. Pero, después de todo, estaba esperando un hijo suyo. Y cualquiera de esas mujeres podría formar parte de la vida de su hijo algún día.

Genial, ahora estaba celosa y preocupada.

Carlos se masajeó la rodilla con expresión ausente.

–Lo que buscan es el título y el dinero. Les daría igual que fuese un monstruo con un ojo en medio de la frente.

Lilah soltó una carcajada.

–Lo digo en serio.

–Ya, pero es que estaba intentando imaginarte con un ojo en la frente... –Lilah se tapó la boca con la mano, sin dejar de reír. Sabía que la risa tenía más que ver con los nervios que con otra cosa, pero era relajante. Estaba tan tensa después de aquellos días de estrés, que necesitaba un alivio. Se había hecho la fuerte desde que supo que estaba embarazada y ahora...

Carlos la miraba como si se hubiera vuelto loca, y tal vez estaba en lo cierto. La risa hizo que sus ojos se llenasen de lágrimas y, de repente, una de ellas rodó por su mejilla. Y luego otra y otra, hasta que un sollozo que pareció salir de su corazón escapó de su garganta.

Capítulo Siete

Carlos había visto llorar a sus pacientes en muchas ocasiones, más de las que le gustaría recordar. Y, aunque no quería pensar que se había vuelto un cínico, no podía dejar que las lágrimas lo distrajesen o no sería capaz de hacer su trabajo.

Pero ver a Lilah llorar lo afectó de un modo más profundo.

Incapaz de mantener las distancias, se levantó del sofá para ponerse en cuclillas a su lado. Sólo una vez la había visto llorar, tres años antes, cuando llevaban poco tiempo trabajando juntos. Se había peleado con la aseguradora por un paciente suyo, un niño cuya espina dorsal estaba fracturada en varios sitios. Los padres, supuestamente, debían agradecer que el niño pudiera usar un dedo para pulsar el botón de la silla de ruedas…

Lilah había insistido en que el niño debía tener todo lo que necesitase para su recuperación, pero la compañía aseguradora no estaba de acuerdo.

Esa noche, después de la operación, Carlos había encontrado a Lilah sentada en la cama del niño, con un pañuelo en la mano. Aún recordaba su rostro de perfil, con una lágrima rodando por su mejilla. No sabía por qué ese caso la había afectado más que los demás o si nunca la había visto llorar porque lo hacía en privado, pero algo había nacido dentro de él ese día. Y era ese algo lo que hizo que se dejara llevar por la tentación el día de la fiesta de Navidad.

Un tronco se partió en la chimenea mientras apretaba su mano.

–¿Estás bien? –le preguntó.

–Sí... no, no lo sé. Ojalá pudiera culpar a las hormonas.

Carlos se sentó en el sofá, a su lado, y le pasó un brazo por los hombros hasta que, por fin, se dejó ir y lloró sobre su jersey. Él apoyó la barbilla en su cabeza, respirando el aroma de su pelo y pasando una mano por su espalda, recordando el masaje que le había dado en el avión. Pero ahora la cremallera del vestido permanecería en su sitio. Lilah necesitaba consuelo y estaba dispuesto a dárselo.

Se sentía como un canalla por estar excitado mientras ella lloraba. El deseo de protegerla y la pasión se mezclaban y todas las barreras que había intentado levantar a su alrededor parecían haberse derrumbado.

Por fin, Lilah levantó la cabeza y se apartó el pelo de la cara.

–Bueno, ya está bien.

–¿Se te ha pasado?

–Vamos a aprovechar el tiempo que estemos aquí y a acostarnos juntos las veinticuatro horas del día –Lilah echó las manos hacia atrás para bajar la cremallera del vestido–. Empezando ahora mismo.

Atónito, Carlos vio como bajaba la cremallera.

Sí, la quería desnuda, pero no así, no cuando no estaba pensando con claridad.

No cuando él mismo no podía pensar con claridad.

–Espera un momento.

–¿Estás diciendo que pare?

–Por mucho que me duela hacerlo... –Carlos miró la curva de sus pechos, tan cerca, a sólo un centímetro de su mano. Pero tenía que ser fuerte–. Tenemos que hablar de esto.

Lilah lo miró, desconcertada.

–No sé a qué estás jugando, pero no me gusta nada. En el avión... pensé que estabas excitado.

–Te aseguro que lo estaba –dijo él, haciendo una mueca–. Que lo estoy.

Los ojos verdes brillaron como esmeraldas.

–¿Y entonces qué te detiene?

Con todo el dolor de su corazón, Carlos se obligó a sí mismo a pronunciar las palabras que la alejarían de él:

–No está bien aprovecharse de una mujer que está bebida o llorando.

Cuando se acostasen de nuevo, y Carlos estaba decidido a que lo hicieran, quería saber que ella estaba segura del todo. Aunque la furia que veía en su rostro dejaba claro que el camino de vuelta a sus brazos podría no ser tan fácil. La había herido en su orgullo.

–Muy bien –Lilah subió la cremallera y se secó las lágrimas de un manotazo–. Como quieras.

–Piénsalo –dijo Carlos–. Y si por la mañana, cuando hayas descansado, sigues interesada, entonces te aseguro que te haré el amor en el primer sitio que encuentre. Y luego te haré creps.

–¿Sabes hacer creps?

–¿Te sorprende? –Carlos quería hacerla sonreír, terminar aquel día con una nota alegre–. Te los habría hecho esa mañana si te hubieras quedado.

Lilah lo estudió, pensativa.

–¿Es por eso por lo que no me has dirigido la palabra en estos meses, porque me marché antes del desayuno? Yo recuerdo el asunto de manera muy diferente.

–Dime qué recuerdas tú.

Carlos recordaba que esa mañana de Navidad el recuerdo de su madre le partía el corazón. No había querido encariñarse con Lilah y mantuvo las distancias para protegerse de un pasado con el que no podía reconciliarse.

–Recuerdo que olía a beicon en la cocina y que tú fuiste muy antipático conmigo. ¿Puedes negar que habría sido incómodo para ti si me hubiera quedado?

Lo último que él quería era hablar de esa mañana, especialmente sabiendo lo mal que lo había hecho durante los meses siguientes. Y se enfadó consigo mismo por haber sacado el tema.

–¿Por qué no nos concentramos en el presente? Nos vemos para tomar creps –Carlos miró su reloj– en nueve horas.

Después, le dio un beso en la mejilla, notando el sabor salado de sus lágrimas, y se levantó rápidamente señalando el pasillo. Mientras Lilah caminaba delante de él, en silencio, podía notar lo tensa que estaba. No había logrado ayudarla en absoluto.

Odiaba no saber cómo comportarse con aquella mujer, pero hiciera lo que hiciera siempre lo estropeaba. Él se jactaba de poder razonar con cualquiera, pero lo que sentía por Lilah hacía que perdiese el control y el sentido común.

Con el aroma de su perfume llevándole recuerdos de esa noche, Carlos tuvo que hacer un esfuerzo para no tomarla en sus brazos y aprovechar su oferta…

El beso en la terraza había sido tan apasionado, que estuvo a punto de perder el control y hacerle el amor allí mismo. Sólo el frío que hacía les obligó a refugiarse en su oficina. Lo antes posible.

Se le aceleró el corazón al ver que Lilah salía al pasillo, haciendo lo posible por desembarazarse de las personas que intentaban llamar su atención. Jim, el jefe de pediatría, era especialmente persistente, pero el pobre quería comprobar si su planta iba a recibir una parte del dinero que alguien había donado.

Vagamente, Carlos notó que alguien lo llamaba, y cuando giró la cabeza vio a una de las nuevas radiólogas, Nancy, haciéndole señas. Pero se limitó a asentir con la cabeza amablemente antes de salir al pasillo para evitar una conversación. Concentrado en Lilah.

Su oficina estaba lejos del salón de actos porque Lilah la había trasladado desde que publicaron el artículo sobre su identidad y los periodistas aparecieron en el hospital. Hablando de periodistas, Carlos miró hacia atrás para comprobar que nadie lo seguía.

Cuando estaba metiendo la llave en la cerradura del despacho, sintió una mano en su hombro. Lilah. Dándose la vuelta, la tomó por la cintura para buscar sus labios mientras con la otra mano empujaba la puerta.

El beso era frenético. Carlos entró en el despacho, cerró la puerta a toda prisa y la apoyó en ella.

No sabía cómo o por qué, pero nunca había deseado a una mujer como deseaba a Lilah. Allí, en aquel instante.

Notó que ella bajaba las manos para quitarle el cinturón. Incluso haciendo el amor era eficiente, pensó. Admiraba eso de ella, pero ansiaba quitarle su perfecto vestido y hundirse en ella hasta que se olvidase de todo lo demás. Sin control, haciéndola gritar, especialmente cuando notó que sus dedos rozaban la cremallera del pantalón.

Afortunadamente, él siempre iba preparado, de modo que sacó un preservativo de la cartera y rasgó el plástico con los dientes.

No era por miedo a un embarazo, ya que sabía que él no podía tener hijos. Y no quería tenerlos. Ni siquiera se atrevería a adoptarlos. No se arriesgaría a exponer a un niño o a una mujer a los peligros con los que se enfrentaba su familia. No soportaría la pesadilla de ver a otra mujer sufrir por culpa de su apellido.

Jadeando, levantó el vestido de Lilah para revelar a la diosa griega centímetro a centímetro. Pero no pudo esperar mucho más y, apartando a un lado las braguitas, se hundió en ella. Su terciopelo húmedo lo recibió, llevándolo a un sitio donde no había estado nunca, haciendo que sintiera algo que no volvería a sentir porque aquélla sería su única noche...

En la chimenea sólo quedaban brasas y Carlos las miraba, pensativo. ¿Había hecho bien al apartarse de ella?, se preguntó. Cuando estaba con Lilah no sabía ni lo que hacía, se dio cuenta, asombrado. Reaccionaba por instinto en lugar de usar el cerebro.

Las lágrimas de Lilah lo afectaban de manera diferente a las de sus pacientes... en esos casos, él sabía cómo responder. Pero no sabía cómo calmar el dolor de la mujer que más le había importado nunca.

Él era la causa de sus lágrimas, de su tensión. Estaba furiosa el día que le contó lo del embarazo... resultaba difícil no darse cuenta cuando le había dado una bofetada. Pero estaba tan decidido a protegerse y a protegerla a ella, que no se había dado cuenta de algo obvio.

Sabía que Lilah lo creía el padre del niño y había pensado que se equivocaba en las fechas. Pero entonces recordó su insistencia en la oficina, lo convencida que parecía de que él era el padre del niño porque no había habido nadie más en los últimos meses.

Lilah no tenía razones para mentir. Ella nunca se había dejado impresionar por su dinero o su apellido.

Carlos apoyó una mano en la repisa de la chimenea. Sólo había otra posibilidad: que el niño fuera realmente hijo suyo.

Pero aunque no lo fuera... de repente, sintió un deseo inmenso de protegerla, de hacerla suya. Era suya, pensó entonces. Y el niño sería suyo lo fuera en realidad o no.

No había manera de sacarla de su vida, no podía darle la espalda. Su deber era cuidar de ella y de su hijo. No había planeado atar su vida a la de nadie, porque ser un Medina de Moncastel nunca le había dado felicidad a nadie, pero...

Pero alejarse de Lilah era ya imposible.

A la mañana siguiente, Lilah se pasó el cepillo por el pelo mojado, despierta gracias a la ducha, porque le había costado mucho conciliar el sueño.

Sí, había sido ridículo que se lanzara sobre Carlos la noche anterior y su rechazo le había dolido.

Pero no había vuelto a llorar. Se negaba a malgastar otra lágrima por él. En lugar de eso, se había quedado mirando las vigas del techo, de cedro color miel, bañadas por la luz de la luna hasta que aparecieron los primeros rayos de sol.

Cuando se puso los vaqueros y subió la cremallera, se dio cuenta de que no podía abrochar el botón porque su cintura había ensanchado.

Muy bien, era hora de seguir adelante con su vida.

¿Podía creer que Carlos se había apartado la noche anterior intentando ser noble? Si ése era el caso, tal vez le explicaría por qué había mantenido las distancias durante esos meses.

Después de ponerse un grueso jersey de angora rosa, Lilah decidió ir a la cocina. Se enfrentaría con aquel nuevo día con los ojos secos y el orgullo intacto. Por su hijo. Por amor propio.

De modo que se dirigió al pasillo, sus pies se hundían en las espesas alfombras. Y en cuanto llegó a la escalera, le llegó un olor…

Dulce y afrutado. ¿Creps quizá?

Casi había olvidado esa parte de la conversación. Lilah respiró profundamente, disfrutando de aquel momento hogareño con su principesco amante. Estaba demostrándole que no la había rechazado, que pensaba en ella.

Y en aquel momento lo deseaba tanto como la noche anterior. Lilah se llevó una mano al estómago, el botón abierto de los vaqueros le recordaba que pronto tendría que poner el futuro de su hijo por encima de todo lo demás.

Aquélla podría ser su última oportunidad.

Carlos estaba de espaldas a ella, echando creps de una plancha a una bandeja. Había frambuesas y albaricoques en un cuenco y se le hizo la boca agua. Pero no sabía si por los creps o por los anchos hombros de su chef personal. Carlos estaba cortando albaricoques con la precisión con la que usaría un escalpelo…

Una tetera silbó entonces y Lilah se sobresaltó.

–Buenos días –dijo él.

–No estoy llorando, no te preocupes.

Carlos sonrió y Lilah se quedó sin aliento ante el poder de esa sonrisa. Pero no se movió, esperando que él diera el primer paso.

Y lo hizo, su cojera le recordó el pasado que los dos llevaban a ese encuentro. Dos personas adultas, los días del primer amor habían quedado olvidados mucho tiempo atrás.

Dos personas que no podían negar la atracción que había entre ellas.

Carlos se detuvo a su lado, en vaqueros y camiseta, con los pies descalzos.

–¿Tienes hambre?

–Mucha –contestó ella, sabiendo perfectamente que no se refería a la comida–. Pero no hablemos más.

No había tiempo para dudas.

Carlos asintió con la cabeza y Lilah respiró un poco más tranquila. Y cuando la tomó por la cintura, ella puso una mano sobre su hombro, deseando abrazarlo.

Pero cuando la levantó para sentarla sobre la encimera de granito, Lilah dejó escapar un gemido de sorpresa.

–Vaya, alguien tiene prisa.

–Nunca nadie ha tenido un menú tan delicioso.

Carlos cortó un trozo de crep y lo mojó en el sirope de fruta antes de llevarlo a su boca. Lilah cerró los ojos, disfrutando del sabor dulce mezclado con el ligeramente salado de su piel. Y cuando retiraba la mano, no pudo evitar chupar sus dedos suavemente, notando que sus pupilas se dilataban.

Apartando el plato de creps, Lilah le echó los brazos al cuello. Quería estar más cerca, todo lo cerca posible. Carlos se colocó entre sus piernas para besarla. Sabía a frambuesas, pensó Lilah. Aparentemente, como todos los buenos chefs, probaba su comida antes de servirla.

Acarició su cara, notando la sombra de barba bajo los dedos. Su aroma a hombre recién duchado y el olor de la comida que había preparado para ella la llenaron como Carlos la llenaría pronto.

Enredando las piernas en su cintura, Lilah se olvidó de todo salvo del presente.

Él metió la mano bajo el jersey y se lo quitó de un tirón, dejando escapar un gemido ronco mientras acariciaba sus pechos por encima del sujetador. El encaje era una barrera insignificante para sus dedos y sus pezones se endurecieron de inmediato.

Arqueándose hacia él, Lilah se apretó contra su mano mientras Carlos desabrochaba el sujetador. Pero quería tocarlo y tiró de su camiseta hasta que pudo acariciar su torso desnudo. Carlos se desabrochó el botón de los vaqueros mientras ella se bajaba los suyos y luego, dando un paso atrás, se quitó el pantalón.

Su estómago plano brillaba bajo el sol de la mañana que entraba por los ventanales. Lilah deslizó la mano por su torso, siguiendo la línea de vello oscuro hasta el botón abierto, la cremallera abierta.

No llevaba ropa interior.

Carlos tiró de su pantalón hasta que, por fin, pudo quitárselo y se apretó contra ella, buscando sus labios en un beso desesperado. Sólo las braguitas la separaban de él. Cuando empezó a acariciar su miembro, Carlos cerró los ojos, apoyando una mano en la encimera.

Lilah se sintió poderosa al verlo temblar y, cuando abrió los ojos, la intensidad y la pasión que vio en ellos la dejó sin aliento.

Con deliberada lentitud, Carlos tomó dos frambuesas del cuenco y las aplastó contra su cuello, chupando luego el jugo con la lengua. El calor de su lengua y el aire fresco eran un contraste delicioso...

Lilah echó la cabeza hacia atrás mientras él besaba sus pechos, haciendo que sintiera estremecimientos de placer. Se agarró a sus hombros, clavando las uñas en su piel mientras él se apoyaba en la encimera.

Lilah pensó entonces que tal vez se estaba haciendo daño en la espalda...

–Vamos al sofá.

–No, he soñado toda la noche con tenerte aquí –dijo Carlos con voz ronca, buscando sus labios de nuevo–. Nada me va a robar esa fantasía.

Sus palabras la hicieron sentir un cosquilleo especial, pero seguía preocupándole que estuviera sufriendo.

–¿Pero y si...?

–¿Te preocupa mi pierna? –Carlos levantó una ceja mientras enganchaba sus braguitas con un dedo–. Entonces lo haremos en el suelo. O en el sofá, o en la cama. Y no dudes que voy a tomarte de todas las maneras posibles –añadió, empujando hacia delante las caderas–. ¿Con preservativo o sin él? Yo no tengo nada. No ha habido nadie más que tú en un año.

¿Un año? Eso la asombró.

–No hace falta que usemos preservativo.

Lilah clavó los dedos en su espalda mientras entraba en ella, su gemido ronco hizo eco por la cocina. Enredando las piernas en su cintura, lo urgió a moverse más rápido, más fuerte. Murmuraba sus deseos, sus secretas fantasías, encantada al notar la respuesta de Carlos.

Como había ocurrido después de la fiesta de Navidad, se perdió en el frenesí del momento. Había estado toda la noche preguntándose si aquello ocurriría o no, pero el poderoso deseo la pilló desprevenida. Sabía que su relación con Carlos era única y nada podía compararse con lo que sentía estando entre sus brazos.

Él estuvo a punto de llevarla al orgasmo una y otra vez, pero se detenía a tiempo, alargando el placer hasta que sus cuerpos estuvieron cubiertos de sudor, mientras el aroma de los dos se mezclaba con el del sirope de frutas...

Poniendo las manos sobre la encimera, Lilah se acercó un poco más y abrió los ojos un momento para ver las montañas. Estaban completamente aislados allí, solos para explorarse el uno al otro, para explorar aquella confusa relación y los sentimientos que habían nacido entre ellos durante esos últimos meses.

Carlos hundió la cara entre sus pechos y el roce de su barba incrementó la tensión que sentía entre las piernas, como un muelle a punto de saltar. Hasta que tuvo que dejarse ir, con sus gemidos haciendo eco por toda la cocina. Las sensaciones explotaban dentro de ella y podría haber jurado que le temblaba hasta la raíz del pelo.

Lilah se inclinó hacia delante mientras él empujaba una y otra vez, terminando con un gemido ronco contra su cuello. Agotada, apoyó los brazos en sus hombros, con los ojos cerrados. Estaba exhausta, pero, afortunadamente, Carlos la sujetó por la cintura cuando estaba a punto de resbalar de la encimera.

–¿Lilah?

–¿Qué? –murmuró ella, incapaz de pronunciar más de una sílaba.

Carlos clavó los dedos en sus caderas y la miró a los ojos.

–Cásate conmigo.

Capítulo Ocho

Carlos se preguntó cómo podía haber dejado que el orgasmo le robase la capacidad de pensar racionalmente. No había querido proponerle matrimonio de esa manera. Mientras preparaba el desayuno, había planeado algo más... elocuente tal vez, después de compartir las creps frente al ventanal de la cocina.

Pero al tener a Lilah entre sus brazos, tan vulnerable... no sabía por qué lo había hecho. La miró a los ojos para ver su reacción, pero ella giró la cabeza.

En silencio, Lilah saltó al suelo, tomó su camiseta y se la puso, mirándolo con gesto de desafío.

–Ya nos hemos acostado juntos más de una vez. Hemos hecho algo más que eso, de modo que pedirme que me case contigo por compromiso es totalmente absurdo.

–No has contestado –le recordó él, mientras se abrochaba el pantalón.

–La respuesta es no.

Su rechazo le dolió más de lo que debería. Él no quería casarse, maldita fuera.

–Ni siquiera lo has pensado un momento.

–¿Y tú sí?

Carlos podía estar desconcertado sobre muchas

cosas en lo que se refería a ella, pero podía contestar a esa pregunta con sinceridad:

–Es en lo único que he pensado.

–¿Por qué? ¿Por qué ahora precisamente? ¿Es porque lloré anoche? ¿De repente soy una paciente para ti, alguien a quien tienes que salvar?

–Quiero que ese niño sea mi hijo –respondió él–. Quiero protegeros a los dos. ¿Eso es malo?

–No es lo mismo que creer en mí –replicó Lilah.

¿Por qué se negaba? Estaba haciendo lo que debería haber hecho el día que se lo contó.

–Yo cuidaré de ti y del niño, diga lo que diga la prueba de paternidad. Tú y yo somos parecidos, nos entendemos, nuestro matrimonio sería lo más lógico...

–Un matrimonio lógico –lo interrumpió ella, airada–. Tu vida de soltero te iba bien hasta ahora, ¿no? Tú mismo lo has dicho en varias ocasiones. Y en los cuatro años que hace que te conozco jamás has comentado...

–¿Por qué crees que pasé esa noche contigo?

–No lo sé, Carlos. Pero sí sé que los meses siguientes, de repente era como si no me conocieras. Tal vez no sea tan lógica o tan práctica como tú crees, porque no lo entiendo.

Debería haber esperado, habérselo propuesto como quería, en un momento más romántico. Carlos buscó algo que decir.

–Lo que hay entre nosotros... me deja atónito.

–A mí me pasa lo mismo, pero se llama sexo. Y no es algo en lo que se pueda basar un matrimonio.

Después de decir eso, Lilah se dio la vuelta para salir de la cocina.

–¡Lilah, espera! Vamos a hablar de ello…

Su móvil sonó en ese momento, pero cuando iba a cortar la comunicación, vaciló al ver el nombre de su hermano en la pantalla. Tenía que contestar. Y tal vez si le daba a Lilah unos minutos, se calmaría, pensó.

–¿Antonio? Espero que sea importante.

–Lo es –respondió su hermano–. Es nuestro padre, se ha puesto peor. Los médicos no esperan que llegue a finales de semana si no recibe un trasplante.

Lilah miraba el oscuro cielo por la ventanilla del avión. Debido a su trabajo en el hospital, había visto muchas situaciones parecidas y sabía que la enfermedad de un familiar era lo único importante.

Y ella pensando que su vida no podía complicarse más…

Cuando volvió a la cocina estaba dispuesta a darle el discurso que había preparado. Iba a decirle que no volviera a pedirle que se casara con él o se marcharía. Pero la noticia sobre su padre lo había cambiado todo y Carlos le había pedido que fuera con él.

¿Cómo iba a decir que no?

Aquélla podría ser su única oportunidad de conocer al abuelo de su hijo y descubrir cosas sobre Carlos que la ayudaran a tratar con él en el futuro.

Además, sentía el ilógico y emocional deseo de estar a su lado en ese momento. No podía dejar que se enfrentase a la muerte de su padre solo, especialmente cuando él le había pedido que lo acompañase. Carlos nunca pedía nada.

De modo que allí estaban, de nuevo en el avión, esa vez con destino a una isla de la costa de Florida. Era más información de la que tenía la prensa sobre el paradero de su padre, y que Carlos le hubiera contado algo que era un secreto para todo el mundo despertaba esperanzas dentro de ella. A pesar de su poco romántica proposición, llena de sensatez y de lógica, evidentemente compartían cierto respeto y confianza.

Y habían tenido que hacer la maleta y marcharse tan rápidamente que no tuvo tiempo de pensar en el explosivo encuentro que se había producido entre ellos en la cocina.

Pero el amante había desaparecido, reemplazado por el médico preocupado al que conocía mucho mejor. Su traje gris era hecho a medida, de muy buena calidad, pero notó que le quedaba un poco ancho, como si trabajase tanto que olvidase comer… y cortarse el pelo.

Lilah tuvo que apretar el brazo del asiento para contener la tentación de apartar un mechón rebelde de su frente.

Murmurando un exabrupto, Carlos guardó el móvil en el bolsillo.

–¿Hay noticias nuevas sobre tu padre?

–No, sólo un mensaje de mi hermano menor para confirmar nuestra hora de llegada.

–Lo siento, debes de estar frenético.

–Sabía que llegaría este día –dijo él, mirándose las manos.

–Los dos hemos visto suficientes pacientes en el hospital como para saber que eso no ayuda mucho cuando llega el momento.

–Y hablar de ello no cambiará nada –Carlos se estiró abruptamente–. Disculpa por hacerte venir con tanta prisa y por imponerte a mi familia. Había esperado dejar eso para el último día.

Eso la sorprendió. No había mencionado que fueran a la isla para conocer a su familia. Y, de nuevo, sus esperanzas renacieron.

–¿Tus hermanos están allí?

–Mi hermano Antonio, su mujer y su hijastro, Duarte y su prometida... y mi hermanastra, Eloísa, también está allí con su marido. Me sorprende que haya viajado estando embarazada de ocho meses, pero Antonio dice que ha insistido en ir –Carlos se presionó el puente de la nariz, como si intentase controlar una jaqueca–. Siento tener que presentarte a tanta gente a la vez, pero la casa es lo bastante grande como para que tengas tu propio espacio si te apetece escapar... mis hermanos y yo tenemos nuestra propia ala de la casa. Y también hay una casa de invitados si prefieres estar sola.

–Seguro que tu habitación es más que aceptable –intentó bromear Lilah.

–La isla es muy segura y allí tienes todo lo que puedas necesitar. Mi padre se encargó de que así fuera. Incluso hay una capilla y una heladería. Quería que tuviéramos una infancia «normal».

–Parece que hizo lo posible en una situación difícil.

Carlos estiró las piernas, llamando su atención

hacia los poderosos muslos, los músculos marcados bajo la tela del pantalón.

–En realidad, a mí me gustaba la privacidad de la isla. Mis hermanos la odiaban, pero yo no quería saber nada del mundo real.

¿Y por qué se había marchado si era eso lo que sentía?

Pero entonces lo entendió.

–Por eso trabajas tantas horas en el hospital. No te importa no tener una vida normal.

Carlos arqueó una ceja.

–¿Quieres saber si puedo cambiar lo suficiente como para que te imagines viviendo conmigo?

La admiración y la atracción no iban a ser suficientes para que aquella relación funcionase, pensó Lilah.

–Estás suponiendo que quiero vivir contigo.

–Yo quiero algo más que vivir contigo, Lilah. Lo que dije en la cocina lo decía de verdad, quiero que nos casemos.

¿Casarse?

Lilah sabía que su reacción instintiva ante esa idea tenía que ver con el desastroso matrimonio de sus padres. Y, aunque no quería disgustarlo cuando estaba tan preocupado por el suyo, no podía dejar que esa tontería del matrimonio continuase. ¿Y si decía algo delante de su familia?

–Si sigues proponiéndome matrimonio, tendré que dormir en la casa de invitados. Se supone que no debes presionarme, ¿recuerdas?

–Bueno, entonces volvamos a la idea de vivir juntos –Carlos entornó un poco los ojos, con esa mirada tan sexy que ella empezaba a conocer bien–. Y, sobre todo, volvamos a lo de acostarnos juntos.

Lilah sospechaba que no hablaba en serio, pero esa charla absurda seguramente era una distracción para no pensar en su padre.

–Ahora que has mencionado lo de dormir, creo que voy a echar una cabezadita, si no te importa.

–Muy bien –dijo él–. ¿Pero te acuerdas de esa hamburguesa con beicon y el helado de chocolate que pediste? Pues el auxiliar de vuelo lo tiene todo preparado. Claro que, puedo cancelar el pedido...

–¡Eso no es justo! –Lilah tuvo que reírse–. ¿Estás usando la comida para chantajear a una mujer embarazada?

–Sólo intento ayudar –dijo él–. Quiero cuidar de ti, ya te lo he dicho. No sólo de lo que comes o dándote un masaje. Casarnos es lo más lógico.

De modo que seguía queriendo hablar de eso. ¿Por qué?

¿Y qué quería ella? Se le encogió el corazón al darse cuenta de que se parecía a su madre más de lo que hubiera deseado. Porque quería la historia romántica, el cuento de hadas.

–Gracias, por si no te has dado cuenta, soy perfectamente capaz de cuidar de mí misma.

Los dos se quedaron en silencio y Carlos miró por la ventanilla, seguramente pensando en su familia.

¿Y la suya?, pensó Lilah entonces. No podía esperar mucho más para darles la noticia del embarazo. Pero antes quería tomar una decisión y resolver su relación con Carlos.

En la distancia pudo ver una isla en medio del

océano. Una isla con palmeras, tan diferente al paisaje nevado que habían dejado atrás.

Sintiendo curiosidad, apretó la cara contra el cristal. Debajo de ella podía ver una pequeña ciudad, un sorprendente punto de luz en medio de un océano oscuro. Había una docena de edificios alrededor de uno más grande, una mansión blanca en forma de U construida alrededor de un jardín con piscina.

En la oscuridad no podía distinguir los detalles, pero pronto vería el lugar en el que Enrique Medina de Moncastel había vivido recluido durante los últimos veinticinco años, una jaula de oro para él y para sus hijos. Incluso a distancia era evidente que aquella isla era una especie de pequeño reino.

Cuando el piloto les informó por el altavoz de que estaban a punto de aterrizar, se le encogió el estómago.

El avión empezó a descender sobre una islita paralela a la isla grande, dirigiéndose a un aeropuerto con una sola pista de cemento. Atracado en el muelle podía ver un ferry… para llevarlos a la isla principal tal vez. Desde luego, el padre de Carlos tenía muy en cuenta la seguridad.

Entonces pensó en Enrique, un hombre que había perdido su trono tras un violento golpe de Estado. La isla fortificada dejaba claro que cada paso que daba estaba bien planeado. Nada parecía dejado a la casualidad.

Si era así, ¿por qué la había llevado Carlos allí?

***

Cuando atravesaron la verja de entrada, los guardias de seguridad, metralleta en mano, no movieron una ceja. Sus hermanos y él habían quedado en la casa para charlar un momento antes de ir a la clínica a ver a su padre y Carlos creía estar preparado para esa visita, preparado para la muerte de su padre.

Pero cuando miró la mansión blanca donde había pasado sus años de adolescencia recuperándose de las heridas de bala, el pasado volvió como una ola gigante que amenazaba con tragárselo.

Cuando estuvo allí para la boda de su hermano Antonio, había sido capaz de no pensar. Pero, por alguna razón, aquella vez era diferente y tenía el corazón encogido.

Detuvo el coche frente a la casa y un mayordomo bajó de inmediato para abrirle la puerta. Tenía la camisa pegada a la espalda y quiso pensar que era el calor de Florida, pero no podía mentirse a sí mismo.

Carlos bajó del coche y dio la vuelta para abrirle la puerta a Lilah. Era extraño cómo su presencia allí lo hacía seguir adelante.

Aquel momento era importante para él, un compromiso con ella, aunque Lilah no lo supiera. Llevar a un extraño a la isla era un paso de gigante. Especialmente para él. Y su familia se daría cuenta enseguida.

Lilah era suya ahora.

El mayordomo les indicó que los esperaban en la biblioteca y Carlos la tomó del brazo.

Lilah permanecía en silencio, mirando el enorme vestíbulo de forma circular, con dos escaleras que se encontraban en la segunda planta. En las paredes había cuadros fabulosos... incluso un Picasso.

Por fin, llegaron a la biblioteca, el territorio de su padre, con estanterías llenas de libros que llegaban hasta el techo. El suelo era de mosaico antiguo y en el techo había un fresco de los conquistadores españoles. A través de las ventanas llegaba el aroma a azahar de los naranjos y la brisa del mar.

La familia Medina de Moncastel se había reunido allí, pero el sillón de su padre permanecía vacío. Aunque los dos perros de Enrique hacían guardia a cada lado del «trono».

–Lilah, te presento a mis hermanos, Duarte y Antonio.

Duarte fue el primero en dar un paso adelante para estrechar su mano. Su hermano podría haber sido un general de haber seguido en San Rinaldo, pero cuando se instalaron en Estados Unidos tuvieron que asumir identidades falsas y eso hizo imposible que se alistara en el ejército. De modo que se había convertido en un hombre de negocios implacable.

Lilah tenía la expresión serena que solía tener en el hospital, la que Carlos había visto tantas veces durante los consejos de administración, mientras estrechaba primero la mano de Duarte y luego la de Antonio.

El más joven de la familia llevaba el pelo ligeramente más largo que los demás, como siempre. A los dieciocho años se había marchado a la bahía de Galveston y había trabajado en barcos de pesca hasta convertirse en un magnate naviero. Antonio era el más alegre de todos, pero en su rostro había signos de preocupación aquel día y su flamante esposa lo tomó por la cintura, como para consolarlo.

Cuando terminaron las presentaciones, las mujeres rodearon a Lilah en una especie de círculo... ¿de protección o de curiosidad? Carlos no estaba seguro, pero su hermanastra, Eloísa, Shannon, la mujer de Antonio, y Kate, la prometida de Duarte, estaban contándole todo lo que necesitaba saber sobre la isla.

Carlos se volvió hacia sus hermanos.

–¿Cómo está?

Duarte puso una mano en su espalda.

–Sigue aguantando.

–Quiero saber por qué se marchó del hospital de Jacksonville.

Había habido cierta esperanza cuando por fin lograron convencer a su padre para que saliera de la isla. Y había sido muy difícil porque llevaba veinticinco años siendo prácticamente un recluso.

–Él quiso volver –dijo Duarte.

–Pensé que estaba siendo tratado por los mejores especialistas.

Antonio se encogió de hombros, impaciente.

–Ha dicho que quiere morir aquí, con su familia.

–Los médicos de Jacksonville apoyan al equipo de la clínica por teléfono y por Internet. Están al tanto de todo –añadió Duarte–. Pero un trasplante es su única posibilidad.

–¿Entonces por qué estas caras tan fúnebres? –preguntó Carlos. Su padre aún tenía una opción, una oportunidad. Ese tipo de trasplante podía hacerse incluso de un donante vivo, alguien que diera una porción residual de su hígado. Y Enrique tenía muchas posibilidades entre sus tres hijos–. Tenemos que llevarlo de vuelta a Jacksonville inmediatamente.

Duarte sacudió la cabeza.

–Intenta convencerlo, no te hará caso.

Antonio apoyó un brazo en la repisa de la chimenea.

–Según las pruebas, yo podría ser el donante, pero el viejo se niega. No quiere que corra ese riesgo, aunque eso pudiera salvarle la vida.

Carlos tuvo que hacer un esfuerzo para contener su frustración ante lo que le parecía una hipocresía. Tras las heridas que sufrió cuando huían de San Rinaldo, su padre lo había hecho pasar por interminables operaciones y procesos de rehabilitación hasta que volvió a caminar. Y de modo alguno iba a dejar que Enrique se rindiera cuando aún había una oportunidad.

–Entonces tendré que convencerlo.

–Deberíamos haberte llamado antes, pero tú no eres elegible como donante porque las heridas de bala te dejaron el hígado dañado...

Carlos oyó un gemido a su espalda y cuando se dio la vuelta, vio a Lilah mirándolo, lívida. Él nunca le había contado la verdadera causa de sus lesiones y no le había parecido necesario advertir a sus hermanos. Pero, evidentemente, debería haberlo hecho.

Tampoco le había parecido necesario contárselo a ella porque no había encontrado el momento.

Aunque sabía que eso era una excusa. Sencillamente, no quería recordar ese período de su vida.

Al ver la confusión en sus ojos se dio cuenta de que había vuelto a meter la pata con Lilah y eso lo perturbó más de lo que había imaginado. Tenía que aceptar lo importante que era aquella mujer en su vida…

En cualquier caso, hablar con ella tendría que esperar. Porque tenía que prepararse a sí mismo para ver a su padre quizá por última vez.

Capítulo Nueve

Cada minuto que pasaba en la isla dejaba claro lo poco que sabía sobre el padre de su hijo.

Con los tacones repiqueteando sobre el suelo de mármol, Lilah siguió a las demás mujeres, que estaban haciéndole una visita guiada por la mansión de los Medina de Moncastel, una casa palaciega que parecía casi tan grande como el hospital de Tacoma.

Ya había visto la biblioteca, la sala de cine, la sala de música, más de un comedor y su propia suite. Ahora estaba descubriendo cómo encontrar a los demás en las diversas zonas de la casa.

Era una pena que no le dieran un GPS para guiarse por allí.

Tal vez, mientras paseaba por la casa, podría descubrir algo más sobre Carlos, pensó.

Se le encogió el corazón al recordar el único cuadro que había en su despacho del hospital, un cuadro de Sorolla que formaba parte de una serie de temática social, *Triste herencia.* Siempre le había parecido que ese cuadro de niños enfermos bañándose en aguas curativas tenía algo que ver con su trabajo.

Pero ahora se daba cuenta de que, en realidad, tenía que ver con él. ¿Disparos, balas? Sus ojos se llenaron de lágrimas al pensar en el origen real de sus cicatrices.

Por el momento, la casa no revelaba mucho más que un completo aislamiento y una riqueza increíble. Su única opción era preguntar directamente.

La hermanastra de Carlos, Eloísa, era una belleza de pelo oscuro. Su cuñada, Shannon, una rubia encantadora. Y Kate, una morena divertida, era la prometida de Duarte.

Pero ella preferiría que le hablasen de la familia y no tener que memorizar el plano de la mansión. Esperaba que no fueran tan reservadas como Carlos.

Shannon abrió una puerta más en aquel interminable maratón de puertas y pasillos.

–Por aquí se va a nuestra suite –le dijo, con su acento texano–. Espero que no te importe, pero tengo que ir a ver si mi hijo sigue durmiendo para que la niñera descanse un rato. Allí seguiremos charlando.

–Muy bien, como digáis –asintió Lilah–. Yo sigo en la hora de la Costa Oeste, así que no tengo sueño.

Pronto también ella tendría esa responsabilidad, pensó entonces. El privilegio de un niño en su vida. Pero para darle a ese hijo una vida estable tenía que aclarar lo que sentía por el padre.

Sus pies se hundían en una alfombra persa mientras seguía a las otras mujeres hasta la suite que Shannon compartía con Antonio. La suite tenía dos dormitorios, un salón y un comedor con cocina. En realidad, era mejor que un hotel.

Kate preparó una bandeja con té, sándwiches diminutos y cuencos de fresas mientras Lilah se acercaba a un jarrón Waterford para oler las rosas, mirando alrededor. Al pasar la mano por el respaldo del sofá se quedó sorprendida al tocar una manta de cachemir. Parecía hecha a mano y no pegaba mucho con la opulenta decoración de la suite.

Shannon cerró la puerta del cuarto de su hijo y se acercó al sofá, acariciando la manta con gesto de respeto.

–La madre de Antonio hizo esta manta para él antes de morir. Antonio sólo tenía cinco años cuando se fueron de San Rinaldo y me contó que había usado esta manta como escudo.

Cinco años.

Mientras las demás mujeres se sentaban en los sofás y sillones, Lilah se abrazó a sí misma, angustiada al imaginar a tres críos dejando el único hogar que conocían. Perdiendo a su madre, huyendo de las balas.

Jamás hubiera podido imaginar lo profundos y tristes que eran los recuerdos de Carlos.

Apartándose la coleta del hombro, Eloísa puso los pies sobre una otomana, con un plato de sándwiches de pepino y gambas sobre el abultado abdomen. Debía de faltarle poco para dar a luz.

–La casa es un poco abrumadora, ¿verdad? Yo aún estoy acostumbrándome.

Conteniendo el deseo de tocar su propio abdomen, Lilah se concentró en sus palabras para descubrir algo más sobre esas personas que serían la familia de su hijo.

–¿No solías venir aquí cuando eras pequeña?

–Mis padres nunca firmaron un documento oficial de custodia, así que sólo nos vimos una vez –Eloísa se inclinó hacia delante para tomar una taza de té–. Entonces yo tenía siete años. No sabía que veníamos aquí y el viaje me pareció interminable… claro que, a esa edad todos los viajes parecen interminables. Nunca le conté a nadie mi visita. No tenía una relación con mi padre entonces, pero entendí que su seguridad y la de mis hermanos dependía de mi silencio.

Temblando, Lilah volvió a mirar la manta que reposaba sobre el sofá, hecha por una madre que no vería crecer a sus hijos.

–¿También conociste a tus hermanos?

–Duarte y Antonio estaban aquí, sí. Pero Carlos estaba recibiendo tratamiento.

Temblando, Lilah dejó su taza sobre el plato.

–Ese viaje debió de parecerte muy extraño siendo tan pequeña.

–Más de lo que te puedas imaginar –Eloísa sonrió mientras tomaba una fresa–. Mi madre había vuelto a casarse y tenía otro hijo.

–¿Y a tu padrastro le pareció bien que vinieras?

–Él no sabía que veníamos aquí. De hecho, no sabía nada sobre los Medina de Moncastel hasta que todo el mundo se enteró.

Shannon se echó hacia atrás en el sofá, quitándose los caros zapatos.

–El día de la gran revelación fue definitivamente uno de los momentos más memorables de mi vida.

Lilah asintió, un poco incómoda. Tenía tan poca gente en su vida con la que compartir momentos como aquél… Era la única chica, con dos hermanos mucho mayores, y no tenía amigas con las que poder quitarse los zapatos para charlar tranquilamente. Tal vez porque trabajaba demasiado.

–Cuando la gente del hospital se enteró de quién era Carlos, se organizó un auténtico escándalo. Nadie podía creer que uno de nuestros más famosos cirujanos hubiese llevado una doble vida.

Ella no podía imaginar una existencia de secretos y miedo. Y no se había parado a considerar que la infancia de Carlos podía haberlo convertido en el hombre que era.

Eloísa hizo un gesto con la mano.

–Bueno, todo eso es agua pasada –dijo, haciéndole un guiño a Kate, cuyas fotos habían dado lugar a la exclusiva–. Quiero hablarte sobre esa visita que hice cuando tenía siete años. Fue asombrosa... o eso me pareció a mí. Íbamos a la playa a buscar caracolas y Enrique me contó un cuento sobre una ardilla que podía viajar por todo el planeta saltando por los postes del teléfono. No sé por qué, pero fue algo muy especial para mí.

¿Tendrían esos dos niños, el hijo de Eloísa y el suyo, la suerte de que el abuelo Enrique les contase ese mismo cuento o habrían llegado demasiado tarde?

Reconciliar la imagen de un hombre que contaba cuentos con uno que había ignorado a su hija durante años resultaba difícil. ¿Habría aprendido Carlos de él? ¿Podría esperar ella lo mismo, a pesar de lo que le había dicho en la casa de Colorado?

La abogada que había en ella le decía que debía protegerse y proteger a su hijo contra una familia de ilimitados recursos. La gente con tanto poder siempre conseguía lo que quería y cuando Carlos tuviese la prueba de que el niño era hijo suyo, no dudaba de que lo reclamaría con fiera determinación.

¿Iría tan lejos como para intentar conseguir la custodia si no se casaba con él? ¿Y podría ella olvidar una vida de reservas sobre las relaciones sentimentales como para aceptar ese matrimonio?

La esperanza de una vida segura para ella y para su hijo con Carlos ofrecía un atractivo que casi le daba miedo.

Carlos conducía el cuatro por cuatro con Duarte a su lado y Antonio en el asiento trasero. En unos minutos llegarían a la clínica de la isla... para ver a su moribundo padre. Carlos creía estar preparado para aquel día.

Pero no era así.

Por supuesto, había estado equivocado sobre muchas cosas últimamente. Como, por ejemplo, al pensar que Lilah aceptaría casarse con él. Aún le dolía su rechazo y tenía la sensación de que el tiempo se le escapaba de las manos. Que si no lo solucionaba de inmediato, no habría otra oportunidad.

Antonio se inclinó hacia delante, apoyando los brazos en el asiento.

–¿Se puede saber qué te pasa, Carlos?

–¿Por qué crees que me pasa algo?

–Por favor, se supone que tú eres el genio de la familia. ¿Quién es tu amiga?

–Lilah y yo trabajamos juntos en el hospital. Es la directora.

–¿Licenciada en Derecho?

–Sí.

–¿Una abogada? –se burló Duarte, apoyando el codo en la ventanilla del coche.

–Tú vas a casarte con una periodista –le recordó Antonio, irónico.

–Periodista gráfico –lo corrigió él.

Había sido su prometida quien dio la exclusiva de la identidad de los Medina de Moncastel a la prensa con una fotografía tomada por accidente. Irónicamente, esa fotografía los había unido y ahora Kate era la jefa de prensa de la familia.

–Periodista o periodista gráfico, es lo mismo.

Carlos detuvo el coche al llegar a la puerta de la clínica, un edificio blanco de una planta dividido en dos alas diferentes. Una de ellas era para los chequeos regulares, oculista y dentista. La otra, estaba reservada como hospital. En la clínica trataban no sólo a la familia real, sino a las personas que trabajaban en la isla, que era casi un pequeño reino.

Todos los aparatos eran modernísimos, de última generación... y todo fácil de financiar con una cuenta corriente ilimitada. Enrique había insistido siempre en tener lo mejor y Carlos conocía aquella isla como la palma de su mano.

–No le hagas caso a Antonio –dijo Duarte–. Yo me alegro por ti, hermano.

–No me felicitéis –dijo él, suspirando–. Aún no la he convencido.

Cuando entraron en la clínica, Carlos fue recibido por un familiar olor a antiséptico. Había multitud de médicos y enfermeras para atender a la pequeña legión de gente que vivía en la isla. La mayoría eran personas de San Rinaldo que habían huido del país cuando lo hizo la familia real.

Antonio lo llevó por un pasillo, aunque Carlos hubiera sabido dónde estaba su padre al ver un par de centinelas en la puerta. Enrique jamás se olvidaba de la seguridad. Nunca. Ni siquiera a las puertas de la muerte.

Duarte le tocó el brazo cuando iba a entrar en la habitación.

–Esperaremos aquí para que puedas hablar con él a solas un rato. Llámanos cuando quieras que entremos.

Carlos asintió con la cabeza y, tragando saliva, entró en la habitación.

El antiguo monarca no había pedido ningún tratamiento especial. En la habitación no había flores ni adornos, sólo un montón de máquinas y equipamiento médico. Un equipamiento que para Carlos era algo familiar, pero que resultaba extraño ahora que servía para mantener a su padre con vida.

Enrique Medina de Moncastel, su poderoso padre, estaba en pijama y necesitaba un buen afeitado. Eso le decía lo enfermo que estaba, porque incluso en una isla, sin reino que dirigir, el depuesto monarca siempre había sido muy meticuloso con su aspecto.

Y había perdido peso desde la última vez que lo vio, unos meses antes, durante la boda de Antonio. Aún irritado después de haber metido la pata con Lilah, no estaba de humor para una alegre boda y en cuanto cumplió con su deber volvió a Tacoma con la excusa de que tenía que atender a un paciente.

–Hijo mío –lo saludó su padre, ajustándose los tubos de oxígeno que entraban por su nariz. Su voz era frágil, no tenía nada que ver con el tono autoritario que Carlos recordaba tan bien.

–Padre –dijo él, tomando el informe que colgaba a los pies de la cama. La relación con su padre siempre había sido muy difícil. Enrique se había enfurecido cuando los tres decidieron dejar atrás la seguridad de la isla para vivir en Estados Unidos, donde cualquier loco o cualquier traidor podría asesinarlos. Pero, además, había otras cosas–. ¿Qué es esa tontería que me han contado de que rechazas un trasplante?

–No sobreviviría a la operación –Enrique hizo un gesto con la mano–. Y no quiero arriesgar la vida de Antonio.

Carlos miró a su padre a los ojos.

–¿Entonces te rindes?

–Tú eres médico –dijo Enrique, con una nota de orgullo en la voz–. Has leído el informe y puedes ver lo débil que estoy. No tengo fuerzas para seguir luchando.

Carlos dejó el informe donde lo había encontrado, conteniendo el deseo de lanzarlo al suelo con rabia.

–Escúchame: cuando yo te supliqué que terminases con mi sufrimiento, tú te negaste. Contrataste más enfermeras y guardias para que me vigilasen, para hacerme más tratamientos, terapia física y cualquier cosa que pudiera mantenerme con vida.

Carlos se sintió ahogado por los recuerdos de aquel sitio: las operaciones, el dolor, las interminables sesiones de rehabilitación que había soportado... los meses con escayola, en tracción. Habría podido soportarlo mejor si no hubiera tenido que ver la compasión en los ojos de todos los que lo rodeaban.

Hasta que, por fin, había insistido en estar solo el mayor tiempo posible.

–Así que voy a decirte lo que tú me dijiste a mí tantas veces: no vas a rendirte. Un Medina de Moncastel no se rinde nunca.

Su padre ni siquiera parpadeó.

–Ya no está en mis manos.

–¡Estúpido! –explotó Carlos, agarrándose al cabecero de la cama para mantener el equilibrio.

–No te he pedido que vengas para que me faltes al respeto.

–Según tú, estoy a punto de convertirme en el cabeza de familia –replicó él. El rey de ninguna parte–. ¿Quién va a evitar que diga lo que me parezca? Desde luego, tú no.

Su padre asintió con la cabeza.

–Te has vuelto duro con los años.

–Entonces, soy como tú.

–No, en realidad, tu madre era mucho más fuerte. Pero ni siquiera ella podía obligarme a cambiar de opinión cuando había tomado una decisión firme.

Que mencionase a su madre hizo que Carlos perdiera el control.

–Tu plan de ahora no es mejor que tu plan para escapar de San Rinaldo.

Eso pareció doler a Enrique, que apartó la mirada.

–Mi intención fue entonces y es ahora proteger a mis hijos.

–Pues no nos obligues a enterrar a otro progenitor prematuramente.

Su padre se puso aún más pálido. Pero, maldita fuera, Carlos haría lo que tuviera que hacer para que aceptase el trasplante.

La vida le había robado demasiadas cosas a su familia y, a menos que pudiera convencer a su padre para que luchase, ninguna operación podría salvarlo.

Pero entonces se le ocurrió una manera de hacer que recuperase la voluntad y las ganas de vivir. Estaría involucrando a Lilah, pero ¿y si haciendo eso los protegía a los dos? La decisión era obvia.

–Quédate un poco más y podrás conocer a tu heredero.

Enrique hizo un gesto con la mano.

–Eloísa…

–No estoy hablando del hijo de Eloísa –lo interrumpió Carlos–. Tendrás que esperar más de unas semanas para conocer al niño del que estoy hablando –añadió, respirando profundamente–. He traído a alguien a la isla para conocerte… se llama Lilah. Y estamos esperando un hijo.

Su padre lo miró, sorprendido primero, entristecido después.

–No estoy tan enfermo como para haber olvidado tu historial médico.

–Los médicos a veces se equivocan –dijo Carlos.

Las posibilidades estaban ahí. Y, fuese como fuese, él estaba dispuesto a criar a ese niño como si fuera hijo suyo–. Y yo soy la prueba viviente de eso. Mi hijo es la prueba viviente.

Sólo tenía que convencer a Lilah para que se casara con él.

Enrique lo miró, sorprendido.

–¿Estás hablando en serio?

–Sí.

De repente, sus ojos se empañaron y Carlos tuvo que hacer un esfuerzo para controlar su propia emoción, furioso consigo mismo por haber perdido la paciencia antes. Las emociones siempre estaban a flor de piel en aquella isla, en aquella clínica.

Y, aunque desearía estar con Lilah esa noche para hundirse en su delicioso cuerpo, no podía arriesgarse. Antes tenía que trazar un plan. Porque, en su estado, si la tocase ardería por combustión espontánea.

Capítulo Diez

Lilah se incorporó de un salto y miró alrededor. La habitación estaba a oscuras, iluminada sólo por la luz de la luna que se colaba a través de las cortinas, momentáneamente desorientada al estar en un sitio extraño y sin saber qué la había despertado. No oía nada más que el ruido de las olas al otro lado de la ventana.

Lilah se pasó una mano por el estómago, como pidiéndole disculpas al bebé por haberlo despertado.

Bajó las piernas y buscó con los pies sobre la alfombra hasta que encontró sus zapatillas. En cualquier caso, su sueño había sido inquieto, con su imaginación creando imágenes de un joven Carlos y sus hermanos escapando de San Rinaldo…

Para vivir luego en aquella increíble mansión, rodeados de riquezas.

Pero no iba a dejarse engullir por ese estilo de vida simplemente porque le apenaba aquella familia que había sufrido tanto. Aunque también ella disfrutaba de las cosas buenas de la vida, se sentía más fuerte en su propio mundo, donde el trabajo duro le había proporcionado todo lo que poseía.

Cuando encendió la lámpara de la mesilla, comprobó que se encontraba sola. ¿Dónde estaba Carlos? ¿Dormido en su cuarto, al otro lado del salón?

Ni siquiera había podido comentar con él lo que Eloísa le había contado. Carlos y sus hermanos se habían quedado mucho rato en la clínica, visitando a su padre. Duarte había llamado a Kate, quien había pasado el mensaje a las demás.

Lilah había intentado disimular su irritación porque Carlos no la había llamado directamente, pero luego se regañó a sí misma por ser tan egoísta. Él tenía preocupaciones familiares serias en ese momento, aquél no era un viaje de placer.

Aun así, podría al menos haberle dado las buenas noches.

Poniéndose una bata blanca de algodón sobre el camisón, salió del dormitorio. La suite de Carlos estaba decorada de manera menos ostentosa que las demás, como su casa de Tacoma, donde sólo tenía lo más básico. Todo de muy buena calidad, por supuesto: sofás de piel y muebles de caoba en tonos oscuros. Pero era un sitio muy masculino sin el menor toque de calidez.

Mientras se alejaba de la enorme cama con dosel le pareció escuchar algo…

¿Música?

Lilah inclinó a un lado la cabeza para aguzar el oído…

Escuchaba las notas de un piano en algún sitio. ¿No había dicho Shannon que había sido profesora de música? Quien fuera, tocaba de maravilla.

Despacio, siguió recorriendo pasillos hasta detenerse frente a la sala de música que había visto brevemente mientras las chicas le enseñaban la casa. Era una sala llena de ventanales, con suelos de madera brillante y un techo altísimo que le daba sonoridad. Lilah vio un piano de cola Steinway...

Y a Carlos tocándolo.

Estaba sentado en la banqueta, la chaqueta y la corbata se hallaban tiradas sobre una silla. Sus pantalones parecían tan bien planchados como siempre, una clara señal de que aún no se había acostado.

Con expresión concentrada, se apoyaba sobre el teclado, sus dedos volaban sobre las teclas de marfil mientras tocaba una pieza clásica. La música era intensa, profunda, tanto que los ojos de Lilah se llenaron de lágrimas.

Sin hacer ruido, se dejó caer sobre una silla. Se sentía más cerca de él en ese momento que nunca, no sabía por qué. Tal vez porque no había barreras entre ellos en ese momento, sólo la cruda emoción de alguien que se había enfrentado con lo peor de la vida y estaba volviendo a la luz nota a nota.

Por fin, Carlos dejó de tocar y ella respiró al fin. No se había dado cuenta, pero estaba conteniendo el aliento.

Él volvió la cabeza entonces.

–Siento haberte molestado. Estabas profundamente dormida cuando fui a verte.

¿Había ido a su habitación? ¿Cuánto tiempo había estado mirándola? Lilah se acercó, sin hacer ruido sobre la espesa alfombra.

–No me has molestado, no estaba dormida –mintió–. ¿Por qué no me habías contado nunca que tocabas el piano?

–Nunca salió en ninguna conversación. Y ya sabes que no soy muy hablador.

–Eso es decir poco –bromeó Lilah–. ¿Cuál es tu compositor favorito?

–¿Ésa es tu gran pregunta? –Carlos se rió, sacudiendo la cabeza.

–Es un principio.

–Rachmaninoff.

–¿Y es él porque...? Venga, ayúdame un poco. Para tener una conversación hace falta algo más que una palabra.

–Mi madre tocaba el piano y Rachmaninoff era su compositor favorito cuando estaba disgustada o enfadada por algo –Carlos tocó una serie de notas furiosas y luego, poco a poco, algo más suave–. Cuando toco el piano, casi puedo escuchar su voz.

–Eso es precioso. Pero te rompe el corazón.

–Sigue diciendo cosas así y dejaré de contarte cosas. Tal vez podríamos jugar a un juego que yo llamo póquer de secretos.

–O podríamos dejar de jugar y podrías decirme qué te pasa. ¿Qué tal la visita a tu padre?

–Sigue igual. En todos los sentidos.

Imaginaba que verlo enfermo lo habría disgustado, pero estaba segura de que no era eso lo que lo tenía tan alterado.

–¿Estás pensando en tu madre?

Por tentada que se sintiera de mandarlo todo al infierno y echarse en sus brazos, antes necesitaba respuestas para entender al hombre con el que estaba considerando unir su vida.

Esa idea la dejó perpleja. Estaba considerando su proposición de matrimonio, esperando una señal, algo que le dijera que podía confiar en él.

–Mi madre era una artista en muchos sentidos –empezó a decir Carlos–. Tocaba el piano de oído y era una cocinera asombrosa, pero decía haber aprendido mirando a su madre. Y tejía de maravilla. Hacía mantas y cosas de lana.

–Debía de ser una mujer llena de talento... y muy ocupada.

–¿Ocupada? No, yo nunca la vi así, siempre me pareció que estaba muy relajada.

–¿Cuántos años tenías cuando murió?

–Trece –Carlos apretó su mano–. Pero yo prefiero recordarla cuando estaba viva.

–Estoy segura de que ella lo preferiría así –asintió Lilah.

–Toco para recordarla porque no hay vídeos familiares y tampoco muchas fotografías de ella. Nuestro padre destruyó las fotografías familiares antes de que nos fuéramos de San Rinaldo.

Y su vida seguía siendo una vida sin recuerdos; desde el severo despacho hasta su casa... incluso su suite, discreta en comparación con el resto de la mansión.

El escape de San Rinaldo había marcado a su familia de tantas maneras... pero Carlos llevaba cicatrices físicas además de las que debía de llevar en el alma.

–Tus hermanos mencionaron unos disparos... de modo que no se trató de un accidente de equitación.

Carlos negó con la cabeza.

–Estaba esperando que me lo preguntases.

–¿Vas a contarme lo que pasó?

–Podrías revisar mi historial médico –intentó bromear él.

–Yo no haría eso. Espero que me lo cuentes tú.

–Ah, Lilah... –Carlos le levantó la barbilla con un dedo–. Por eso me gustas. Y te aseguro que nunca digo eso a la ligera.

–Entonces, gracias –ella se apoyó en su mano–. Tú también me gustas... la mayoría del tiempo. Ayúdame a entenderte para que me gustes más.

Él se quedó mirando la pared durante unos segundos.

–Me dispararon en la espalda cuando escapábamos de San Rinaldo, durante el golpe de Estado.

Lilah había imaginado algo así, pero que se lo confirmase la dejó horrorizada.

–Lo siento mucho. No me puedo imaginar lo aterrador que debió de ser para vosotros.

–Sí, lo fue. Pero hay muchos niños en el mundo que pasan por eso todos los días, niños que son atacados por el color de su piel o sencillamente porque están vivos.

Tenía razón, pero eso no mitigaba el horror de lo que él había padecido.

–Sí, lo sé.

–Intenté salvar la vida de mi madre y fracasé –siguió Carlos–. Si hubiera esperado un poco, si la hubiese empujado... he repasado ese momento en mi memoria miles de veces y siempre encuentro opciones, cosas que podría haber hecho.

–Sólo tenías trece años –le recordó ella.

–Entonces yo me creía un hombre.

–Pues debiste de crecer demasiado aquel día –dijo Lilah. Le dolía el corazón al imaginar lo que había sufrido.

–No quiero tu compasión. Y no quiero seguir hablando de ello.

Ella puso las manos sobre su torso, notando los latidos de su corazón.

–¿Cómo puedo saber eso sobre ti y no sentirme conmovida? ¿Cómo puedo olvidarme de ello porque tú me lo ordenas?

Tenía que enfrentarse a la realidad; era imposible permanecer lógica e imparcial cuando se trataba de Carlos.

Él la abrazó entonces y el calor de su cuerpo atravesó la bata y el camisón para llegar hasta su piel.

–Entonces tendré que distraerte.

Carlos se apoderó de su boca con la familiaridad de dos amantes que se conocían bien, que sabían cómo tocarse y acariciarse para volverse locos el uno al otro.

¿Cómo un hombre podía conocer su cuerpo tan bien y, sin embargo, seguir siendo un misterio?, se preguntó. Pero descubriría más cosas esa noche, se dijo. Estaban haciendo progresos, Carlos le había contado más cosas sobre sí mismo en unos minutos que en cuatro años de amistad.

¿Y esa proposición de matrimonio?

Aún no sabía qué lo había empujado a hacerla, pero en aquel momento quería concentrarse en esa nueva conexión que había entre ellos. Se le partía el corazón al pensar en lo que había sufrido y, aunque se negaba a dejar que eso la cegase, tampoco podía cerrar los ojos.

Carlos apartó el cuello de la bata para besar su hombro apasionadamente.

Lilah no tenía tanta experiencia como él lidiando con tumultuosas emociones y, les deparase lo que les deparase el futuro, no podía dejarlo solo con sus tristes recuerdos.

–Creo que es hora de cerrar la puerta.

Loco de deseo, Carlos abrió el panel de seguridad de la pared y tecleó códigos con la misma velocidad con la que había tocado el piano. Todas las habitaciones de la casa contaban con una alarma. Pero, aunque su padre las había instalado para protegerse contra huracanes y ataques, Carlos tenía un propósito completamente diferente esa noche.

La puerta se cerró automáticamente y las persianas bajaron hasta que la sala de música se convirtió en un oscuro e impenetrable capullo.

Lilah, sentada en la banqueta del piano, dejó escapar una exclamación de sorpresa.

–¿Nadie puede vernos?

–Ésta es mi casa, mis dominios –bromeó Carlos–. Nadie puede vernos, no te preocupes.

–No estoy preocupada.

–Siempre cuidaré de ti, Lilah.

Había vivido con la pena de no haber sabido proteger a su madre durante veinticinco años y esa noche, en la isla, los recuerdos lo embargaban. Más que nunca necesitaba el olvido que encontraba en los brazos de Lilah.

Carlos le quitó la bata y el camisón, tirándolos al suelo como una bandera blanca de rendición.

Lilah estaba delante de él, sin ocultarse, orgullosamente desnuda, y le temblaban las manos ligeramente cuando empezó a acariciarla. Le temblaban las manos, por Dios bendito. A él, que era famoso por su serenidad durante las operaciones más complicadas. Pero nada destrozaba su compostura como Lilah, su precioso cuerpo desnudo frente a él.

Sólo para él.

Experimentaba una sensación posesiva, una sensación que echaba raíces y de la que supo que nunca podría escapar. Y en aquel momento era vital que Lilah estuviera tan consumida de deseo como él.

Tomándola por los hombros, la sentó sobre la banqueta, apoyando su espalda en el piano. Sus pupilas se dilataron al darse cuenta de lo que iba a hacer antes de que inclinase la cabeza.

Abriendo sus rodillas con los hombros, Carlos acarició el interior de sus muslos con la boca... y sus suspiros lo animaban a seguir.

Lo excitaban.

Lenta, deliberadamente, rozó el satén de sus braguitas con la boca. Su aroma llenaba sus pulmones cada vez que respiraba y quería hacerlo una y otra vez porque nada, absolutamente nada en el mundo, podía compararse con ella.

Apartó a un lado las braguitas y... sí, saboreó su esencia, acariciando los suaves pliegues con la lengua mientras ella murmuraba frases incoherentes agarrándose a sus hombros.

–Ahora, te necesito dentro de mí...

No tendría que pedírselo dos veces.

–Afortunadamente para los dos, es ahí donde quiero estar –dijo Carlos con voz ronca.

Tras besar su húmedo e hinchado sexo una vez más, se incorporó para mirarla. Con la cabeza echada hacia atrás y los ojos cerrados, nunca le había parecido más bella.

Carlos la tomó por la cintura para sentarla sobre la tapa del piano y tiró de sus pantalones con manos frenéticas hasta que, por fin, se liberó. Apoyando las manos a ambos lados de su cuerpo, entró en ella de una embestida. Su húmedo calor lo envolvió de inmediato y Lilah enredó las piernas en su cintura, clavando los talones en sus nalgas mientras él empujaba una y otra vez.

Sus corazones latían al unísono, desbocados, sus suspiros se mezclaban. Carlos dejó que ella lo transportase fuera de aquella habitación, que lo alejase de la isla y de los tristes recuerdos. Había pensado que dejándola fuera de su vida podría evitar el pasado. En lugar de eso, con Lilah el infierno desaparecía. Si pudiera quedarse con ella, dentro de ella, podría olvidarse de todo para siempre.

Sus gritos de placer hacían eco en el techo de la sala de música. Oyéndola, sintiéndola, viéndola desmadejada entre sus brazos, Carlos perdió el control y se dejó ir. Se derramó dentro de ella, pero ni siquiera eso era suficiente, porque la deseaba de nuevo.

Intentando respirar, se sentó en la banqueta y la colocó sobre sus rodillas, empujando la cabeza sobre su pecho. Luego, apartó el pelo de su frente susurrando cuánto lo conmovía y otras cosas que ni el propio Carlos podía creer que estuviera diciendo. El poeta que había dentro de él parecía haber despertado a la vida.

Mientras la acariciaba notó una ligera curva en su estómago y se dio cuenta de que el embarazo empezaba a notarse. Él conocía todos los pasos de un embarazo y los cambios que sufriría el cuerpo de Lilah, pero, por primera vez, se permitió a sí mismo pensar que iba a experimentar ese milagro de cerca, de manera personal.

Como padre.

Algo se encogió dentro de su pecho mientras acariciaba su abdomen, a su hijo. Cuando levantó la cabeza, Lilah lo miraba con un brillo de vulnerabilidad en los ojos y, en ese momento, era su vieja amiga, su amante ahora, pronto la madre de su hijo.

El calor de sus ojos lo excitaba, pero no podía perder el control cuando la necesitaba en su vida por tantas razones.

Haría lo que fuera, diría lo que fuera, fingiría ser el hombre que ella parecía querer si de ese modo podía convencerla para que se quedase con él.

Capítulo Once

En la bañera de la suite, Lilah apoyó la cabeza en el pecho de Carlos mientras él estiraba las piernas a cada lado de su cuerpo. Había pétalos de rosa flotando en el agua... nunca había estado en un sitio con flores frescas en cada esquina, incluso había jarrones a cada lado de la pantalla de televisión. Y en el estéreo sonaba una sinfonía de Beethoven.

Habían hecho el amor de una forma intensa en la sala de música y luego en la cama antes de ir al cuarto de baño. Su cansado corazón se preguntaba si podía confiar en lo que habían compartido, pero daba la impresión de que Carlos había superado eso que tanto lo asustó la primera noche.

Estaba claro que el pasado de Carlos era mucho más amargo de lo que ella había creído. Y que le había dejado muchas cicatrices.

Pero mientras pudiesen hablar, comunicarse, tal vez habría una oportunidad para ellos. Y si volvía a pedirle que se casara con él, no podría negarse.

¿Qué habría hecho si se lo hubiera pedido cuando le contó que estaba embarazada?, se preguntó. Quería pensar que le habría dicho que no después de cómo la había tratado durante esos meses. Lilah necesitaba, y merecía, la confirmación de que sentía algo por ella, no sólo porque fuera a tener un hijo suyo.

Apoyada en su pecho, le gustaría poner a prueba esa tregua, pero la preocupación por su padre tenía precedencia. Era lógico que Carlos hubiese volcado su corazón mientras tocaba el piano...

–Cuanto tocabas el piano... era mágico. Eres un pianista estupendo.

–No tenía mucho que hacer cuando era adolescente, así que practicaba a menudo. Entre operación y operación... –Carlos carraspeó y Lilah se dio cuenta de que le resultaba difícil hablar de ello–. Mi padre hizo que construyeran una sala de música abierta y alegre, casi como si estuviera al aire libre. Un día, mis hermanos me sorprendieron con una silla de ruedas que habían robado en la clínica. Colgaron una red de baloncesto en medio de uno de los murales de la pared y le dieron a la sala de música un nuevo cometido.

Lilah intentó reír, pero no era capaz.

–¿Ibas en silla de ruedas?

–Durante un tiempo, los médicos no sabían si podría volver a caminar algún día.

–¿Cuánto tiempo duró eso?

–Estuve tres años en la silla de ruedas. Y siete años más de operaciones después de eso –contestó él.

–Carlos... no tenía ni idea –Lilah intentó volver la cara para mirarlo, para consolarlo, pero él empujó suavemente su cabeza.

–Hablemos de otra cosa. Estás descubriendo mucho sobre mi triste pasado, pero no me cuentas nada sobre ti.

–El póquer de secretos no sirve de nada cuando uno ya está desnudo –bromeó Lilah.

–Yo tengo otras cosas que ofrecer –murmuró él, metiendo una mano entre sus piernas.

No le pasó desapercibido que intentaba cambiar de tema, aunque sus expertos dedos hacían que resultase difícil seguir pensando.

–¿Qué quieres saber?

Riendo, Carlos subió la mano hasta su estómago.

–¿Qué esperas que sea, niño o niña?

Ah, había elegido bien el tema. Por fin estaban hablando de su hijo.

–Aún no lo he pensado, pero me da igual.

–¿Piensas hacerte una ecografía para averiguar el sexo?

–No lo sé, es posible. ¿Tú esperas que sea un niño?

–No, no tengo ninguna preferencia. Sólo quiero que nazca sano y que sea feliz.

–En eso estamos de acuerdo –Lilah jugó con un pétalo de rosa que flotaba en el agua–. ¿Y has pensado en el nombre?

–En mi familia solemos usar nombres del árbol genealógico.

Todo lo que había descubierto desde que llegó a la isla era muy esclarecedor y le servía para entender a aquel hombre enigmático. ¿Se atrevería a presionarlo un poco más? ¿Cómo no iba a hacerlo cuando aquellos días podían ser su única oportunidad?

–El nombre de tu madre era Beatriz, ¿verdad?

–Sí, pero a ella no le gustaba mucho. Siempre decía que era muy anticuado.

–¿Y si fuera un niño?

–Mi árbol genealógico es enorme, habrá mucho donde elegir.

–Tendremos que hacer una lista.

–¿Y tu familia? –preguntó Carlos entonces, acariciando su cuello–. ¿Hay algún nombre en particular que te guste?

–No, la verdad es que no. No es que nos llevemos mal, mis hermanos y yo nos llamamos por teléfono a menudo y nos reunimos algunas veces, pero no tenemos una relación muy estrecha.

–¿Le has contado a tu familia que estás embarazada?

–Mis padres están de viaje. En su decimoquinta luna de miel.

–¿Cómo?

Lilah soltó una carcajada.

–¿Has oído hablar de las parejas que intentan animar su matrimonio con varias lunas de miel? Pues mis padres son así. Ésta será su decimoquinta reconciliación.

–Parece que su matrimonio no es muy sólido –dijo él, tan diplomático como siempre.

–No, no lo es –Lilah se sentó, abrazándose las rodillas–. Mi padre engaña a mi madre continuamente. Y mi madre lo perdona. Luego se van a hacer un crucero y ella vuelve a creer sus mentiras... hasta la próxima vez.

Carlos la abrazó, apoyando la cara en su espalda.

–Te han hecho mucho daño.

–¿En el pasado? Sí, mucho. Ahora... estoy acostumbrada. En lo que se refiere a mis padres, nada me sorprende.

–Por eso te enfadaste tanto al ver a Nancy en mi despacho.

–Y no olvides el aeropuerto.

Carlos se levantó entonces y tiró de ella para mirarla a los ojos.

–He salido con ella, pero nunca nos acostamos juntos. Tú siempre estabas en medio.

–¿Yo? –Lilah necesitaba que dijera eso para salvar su orgullo herido. Y para reafirmar la esperanza que albergaba su corazón.

Carlos la sujetó por los hombros, mirándola a los ojos.

–Nancy es una chica encantadora, pero me aburría de muerte con ella porque no eras tú.

–Sólo lo dices para que te perdone –lo retó ella. Aunque no estaba segura de por qué se esforzaría tanto Carlos. Ya se acostaban juntos y aunque no había aceptado su proposición de matrimonio, aún tenían tiempo.

–Siento mucho que tu padre haya hecho difícil que confíes en los hombres, Lilah.

Estaba tocando una herida abierta y no le hizo ninguna gracia.

–No culpes a mi padre de esto y no creas que tengo algún complejo –replicó, tomando una toalla–. Eres tú quien se negó a dirigirme la palabra después de la fiesta de Navidad.

–Hice lo que me parecía mejor para ti.

–Para ti, querrás decir.

¿Cómo era posible que esa conversación hubiera terminado en una pelea? ¿Estaría saboteándose a sí misma? ¿Le daba miedo aceptar la felicidad que tenía en la punta de los dedos?

–Entonces vamos a solucionar esto –Carlos volvió a tomarla por los hombros–. Olvida la prueba de paternidad. Acepto que el niño es hijo mío y quiero que nos casemos. Mañana mismo. Sin esperar más. Podemos celebrar la ceremonia en la habitación de la clínica para que mi padre esté presente.

¿No quería una prueba de paternidad?

¿La creía?

Por fin, Lilah escuchaba las palabras que había querido escuchar, las que había esperado desde el principio.

Pero no había dicho que la quisiera. Claro que, había quien usaba la palabra «amor» como si tirase monedas a una fuente. Carlos estaba ofreciéndole algo mucho más precioso y tangible.

Respirando profundamente, Lilah decidió arriesgarse.

–Llama al sacerdote –contestó.

Después de decirlo, intentó no pensar en lo que pasó aquella mañana, después de haber hecho el amor con él por primera vez...

Lilah alargó un brazo hacia Carlos, murmurando su nombre... pero sólo encontró la sábana fría. Y casi estuvo a punto de pensar que todo había sido un sueño. Pero un agradable escozor entre las piernas le recordó el impetuoso encuentro, desde las acrobacias en el escritorio del despacho al jacuzzi en su casa sobre el acantilado.

Qué apropiado que viviese en un acantilado, pensó. Iba mucho con la personalidad de Carlos.

Lilah se estiró, parpadeando varias veces para acostumbrarse a la oscuridad de la habitación. El débil sol de invierno apenas penetraba las gruesas cortinas, pero no podía quedarse allí mucho tiempo.

De modo que saltó de la cama y buscó algo más apropiado que una sábana o el vestido de noche, arrugado en el suelo, para salir de la habitación.

Con una sonrisa en los labios, tomó la camisa del esmoquin, que estaba sobre una lámpara. Aparentemente, también Carlos había tirado su ropa en cualquier parte en su prisa por hacerle el amor. La tela aún conservaba su aroma, excitándola de nuevo y despertando recuerdos...

Lo encontró en la cocina, otra habitación sencilla con lo más esencial: electrodomésticos de acero y baldosas blancas y negras en el suelo.

Y un chef guapísimo que sólo llevaba un pantalón de chándal que destacaba su trasero mucho mejor que un pantalón de esmoquin.

El aroma a beicon y café flotaba en el aire mientras él movía algo en una sartén.

Carlos se dio la vuelta al oírla entrar y cuando la miró con ojos fríos, serios, Lilah se quedó helada. La vio allí, con su camisa y nada más y no sonrió. No intentó abrazarla.

Sencillamente, se dio la vuelta.

–¿Quieres desayunar?

Ella iba a decirle que se fuera al infierno, pero en lugar de eso murmuró:

–Creo que es mejor que me marche.

Aun así, como una tonta, se quedó, dándole la oportunidad de decir algo amable. Pero Carlos se limitó a abrir la nevera para sacar un cartón de leche.

Aparentemente, la noche anterior había sido un sueño, después de todo y era hora de despertar.

Incapaz de dormir, Lilah alargó una mano y, con cuidado de no despertar a Carlos, buscó el móvil en su bolso. El aroma a rosas que llegaba del baño llenaba la habitación, un aroma dulce que le recordaba a ese nuevo Carlos...

Las cosas eran diferentes ahora, pensó. Sin embargo, contuvo el deseo de apretarse contra su espalda porque antes de nada tenía que encargarse de un pequeño detalle.

Antes de bajar la guardia del todo, tenía que llamar a sus padres.

De puntillas, salió de la habitación y cerró la puerta sin hacer ruido antes de sentarse en el asiento de la ventana, intentando contener los nervios. Sabía que se alegrarían, pero se sentía un poco insegura porque Carlos estaba dispuesto a casarse con ella por el niño. De no ser porque estaba embarazada, con toda seguridad no estaría allí.

–¿Mamá?

Una cosa era retrasar la noticia del embarazo y otra muy diferente ocultarle a su madre la noticia de que iba a casarse. Y con un príncipe… pero tal vez sería mejor no contarle eso todavía.

–¿Sí?

–Mamá, soy yo.

–Lilah, cariño, cuánto me alegro de que llames –exclamó su madre, entusiasmada, sin mencionar la hora que era o que debía de haberla despertado–. Espera, voy a decirle a tu padre que se ponga al teléfono.

–Mamá, espera, no tienes que molestarlo…

–No seas boba. ¿Darren? Darren, despierta, es Lilah.

Lilah oyó la voz de su padre, medio dormido. Cómo era posible que sus padres siguieran juntos era algo que nunca podría entender. Y tampoco quería pensar mucho en ello con su propia y apresurada boda en el horizonte.

–Muy bien, espera un momento –dijo su madre–. Voy a poner el altavoz.

–Buenos días, cariño –la saludó su padre.

No había nada que pudiera prepararla para pronunciar las palabras que pensó que no diría nunca:

–Mamá, papá, voy a casarme.

El día de la boda amaneció nublado, pero él era un hombre de ciencia, no de supersticiones.

Estaba en la habitación de su padre en la clínica, con Lilah a su lado. Sus hermanos, su hermanastra y algunas personas muy cercanas se hallaban en una esquina de la habitación. La regla de visitas limitadas se había ido por la ventana para la que iba a ser la ceremonia más breve de la historia.

El sacerdote estaba a los pies de la cama con gesto más bien desconcertado, como si no supiera si lo habían llamado para aplicar la extremaunción o para oficiar una boda.

Enrique intentó incorporarse un poco.

–¿Seguro que quieres hacerlo?

Carlos lo miró, sorprendido, pero entonces se dio cuenta de que estaba hablando con Antonio. El más joven de los Medina de Moncastel era el único que podía donar un segmento de hígado para salvar la vida de su padre. Algo que él no podía hacer a pesar de su título.

–Absolutamente seguro –contestó su hermano.

Enrique sacó su reloj de bolsillo.

–Solías jugar con él cuando eras pequeño. Quiero que te lo quedes. Es poca cosa a cambio de una parte de tu hígado, pero…

–Gracias –lo interrumpió Antonio–. Me lo quedaré hasta que estés recuperado del todo. Sé el cariño que le tienes… –añadió, tragando saliva antes de darle un rápido abrazo–. Además, en cierto modo, este hígado también es tuyo.

–Eres un chico extraño –Enrique sacudió la cabeza–. Carlos, también tengo algo para ti, hijo –dijo luego, ofreciéndole una cajita de terciopelo negro.

Carlos no tenía que abrirla para saber lo que había dentro: el anillo de su madre, un anillo de platino hecho para una reina. Hecho para Lilah.

La esperanza que vio en sus ojos cuando aceptó casarse con él lo había hecho sentirse como un canalla. Él no era el héroe romántico con el que Lilah parecía soñar, un defecto del que era consciente desde el principio. Pero ya era demasiado tarde para protegerla. Estaban atados el uno al otro por la frágil vida que llevaba dentro y haría todo lo posible para que nunca se diera cuenta de que había hecho un mal negocio.

Tras tomar la cajita, Carlos se volvió hacia Lilah con un tesoro digno de un rey en las manos.

Capítulo Doce

Lilah jugaba con el anillo de platino, incapaz de asimilar todo lo que había pasado en las últimas treinta y seis horas, desde que Carlos y ella intercambiaron el «sí, quiero» en la clínica.

Ahora estaban en la sala de espera privada de un hospital de Jacksonville, donde Enrique iba a recibir el trasplante.

Aunque ella no era partidaria del tratamiento preferencial, entendía que la presencia de los Medina de Moncastel provocaría una conmoción y era, por lo tanto, lógico que estuviesen en una zona privada.

Y debía admitir que la tranquilidad de la sala era un consuelo. En su trabajo como directora del hospital de Tacoma había visto a muchas familias que sufrían, pero nunca había estado al otro lado.

Médicos, pruebas, análisis, esperas interminables... era algo que agotaba y angustiaba a cualquiera. Y los planes para su luna de miel tendrían que esperar. Por el momento, todos estaban concentrados en esas cuatro paredes con olor a antiséptico y mal café.

La puerta se abrió y la mujer de Antonio, Shannon, entró en la sala de espera. Hasta ese momento había estado con su marido, esperando que lo llevasen al quirófano.

–Enrique quiere verte.

Carlos, Duarte y Eloísa se levantaron a la vez.

–No… –Shannon miró a Lilah–. Quiere verte a ti.

–¿A mí? ¿Estás segura?

–Absolutamente –dijo Shannon.

Carlos, su marido, qué extraña le resultaba esa palabra, apretó su mano para darle ánimos.

Aunque había visto a Enrique poco antes de la irreal ceremonia de su boda, no habían tenido tiempo para conocerse.

Y se le hizo un nudo en la garganta al pensar que aquélla podría ser la última vez que hablase con él.

Lilah intentó recuperar la compostura mientras se acercaba al box de la UCI. A través de la pared de cristal podía ver al viejo monarca enfermo con una enfermera a su lado. Enrique levantó una mano, con la vía puesta, y le hizo un gesto para que entrase, y la enfermera se disculpó discretamente.

–Shannon me ha dicho que querías verme –Lilah no sabía cómo llamarlo. «Majestad» parecía un poco raro siendo parientes.

–Puedes llamarme padre –dijo él–, como hacen mis hijos. Siéntate.

«Siéntate». Lilah contuvo una sonrisa ante tan brusca orden. Sí, estaba claro de quién había heredado Carlos esas maneras autoritarias.

–¿De qué querías hablar conmigo?

–Tú eres abogada, mira esto –Enrique señaló un sobre que había en la mesa

Curiosa y desconcertada, Lilah tomó el sobre y echó un vistazo al contenido.

–¿Es tu testamento?

–Quiero que lo revises.

Lilah lo miró a los ojos para ver si averiguaba por qué se lo pedía precisamente a ella.

–Pero me imagino que tendrás un ejército de abogados y notarios. ¿Por qué me pides a mí que lo revise?

–No te preocupes, no he perdido la cabeza –contestó Enrique, sus ojos parecían extrañamente perceptivos a pesar de su situación.

–Veo que tu sentido del humor sigue intacto. En fin, lo leeré si eso es lo que quieres.

–Sí, es lo que quiero. Antes de que me operen quiero cambiar algunas cosas y necesito que tú seas testigo.

El testamento de un rey debía de ser complicadísimo, pensó Lilah. En la universidad no le habían enseñado cómo enfrentarse con algo así y tampoco era algo con lo que se encontrase en Tacoma, Washington.

–Insisto en que deberían verlo abogados más versados en la situación.

–¿No vas a preguntarme por la cláusula que quiero cambiar?

–Me imagino que me lo dirás cuando quieras hacerlo.

–Veo que eres una mujer paciente, una cualidad necesaria para tratar con mi hijo Carlos.

Lilah lo miró a los ojos.

–Espero que la decisión de recibir un trasplante sea una segunda oportunidad para los dos.

–No me dio muchas opciones al hablarme del hijo que esperáis. Jamás pensé que viviría para ver un hijo de Carlos –los ojos de Enrique se llenaron de lágrimas–. Aunque nada podrá borrar nunca lo que le pasó a mi pobre Beatriz y a Carlos, es un consuelo saber que mi decisión de sacar a la familia de San Rinaldo no le costó la vida a mi hijo.

Lilah intentó entender a qué se refería, pero seguía pensando en lo primero que había dicho... ¿Enrique sabía lo del niño? Carlos y ella habían decidido esperar hasta después del trasplante para dar la noticia a su familia. ¿No significaba eso que tampoco se lo contaría a su padre? Tal vez lo había entendido mal.

Y esperaba haber entendido mal a Enrique.

–¿Te contó lo del niño para convencerte de que aceptases el trasplante?

El hombre sonrió, pero, de repente, se puso a toser.

–Desde luego que sí, en cuanto puso el pie en la isla. Debo admitir que no pensé que nada me convencería, pero Carlos es un poco maquiavélico, como su padre. Bueno, vamos a incluir a ese niño en el testamento, aunque es mi esperanza sobrevivir a la operación.

Carlos no le había dicho nada. Si lo hubiera hecho, si le hubiese contado la gravedad de la situación de Enrique... pero seguía apartándola de su vida y era como si, de nuevo, estuviera en esa cocina, con el olor a beicon y café, con su fría mirada advirtiéndole que lo que había ocurrido por la noche no había significado demasiado para él.

Mientras iban a la isla, Lilah se había preguntado qué quería de ella. Ahora lo sabía.

La había utilizado.

El optimismo que había sentido desde que intercambiaron las promesas en la clínica desapareció de repente. ¿Le habría pedido en matrimonio para cumplir el deseo de un moribundo? ¿Para darle una razón de vivir a Enrique?

Había pensado que no tenía tanta importancia que no le hubiese dicho que la quería, que sus actos hablaban más alto que sus palabras. Y, tristemente, era cierto. La revelación de Enrique lo ponía todo en su sitio: Carlos se había casado con ella para darle una razón para luchar por su vida.

Qué ironía. Al final, no era tan diferente a su madre, pensó. A pesar de sus buenas intenciones, se había dejado cegar por los sentimientos. Y lo más terrible era que, aun dolida y enfadada, no podía negar que estaba enamorada de él. De su marido, del padre de su hijo.

Y tampoco podía negar la verdad: que su matrimonio era un engaño.

Nueve horas después, Carlos se dejaba caer sobre una de las sillas, aliviado cuando el cirujano que había practicado el trasplante salió de la sala de espera. La operación había sido un éxito y tanto su padre como Antonio estaban perfectamente. Enrique aún no estaba a salvo del todo, pero había saltado un obstáculo importante.

Eloísa lloró lágrimas de alivio sobre el hombro de su marido. Incluso el reservado Duarte sonreía, feliz, abrazando a su prometida. Y Shannon estaba con Antonio en la sala de recuperación.

Carlos se volvió hacia su flamante esposa. Por fin, por fin, podían celebrarlo... pero su sonrisa helada lo sorprendió. Había estado muy callada desde que volvió de la habitación de su padre, pero cuando le preguntó si le pasaba algo, ella dijo que deberían concentrarse en el resultado de la operación y nada más. Y eso había hecho Carlos. Durante unas largas, interminables nueve horas.

Pero ahora que el médico les había dado la buena noticia, se daba cuenta de que a Lilah le pasaba algo.

–Me alegro de que tu padre y tu hermano estén bien. Pero ahora, si no te importa, me gustaría volver al hotel.

–Debes de estar cansada –dijo Carlos. No se le había ocurrido pensar que nueve horas de espera en un hospital no eran lo mejor para una mujer embarazada. Como médico, debería habérsele ocurrido, pensó, enfadado consigo mismo–. Yo te llevaré.

–No hace falta, puedo ir sola. Quédate aquí, donde te necesitan.

Antes de que Carlos pudiese descifrar esas palabras, Lilah salió de la sala de espera. ¿Qué estaba pasando?

Tenía razones para estar exhausta, desde luego, pero se había marchado sin darle un beso, sin mirarlo a los ojos. Con una expresión dolida...

Y él había visto esa expresión antes, tres meses antes. Cuando entró en la cocina de su casa, llevando puesta su camisa. Le había parecido tan maravilloso verla allí, en su casa, en su vida que, asustado, decidió dejarla fuera.

Había hecho lo que estaba haciendo en ese momento: perderla.

Carlos mascullό una maldición por no poder correr más deprisa debido a su maldita cojera.

Por fin, la llamó a gritos:

–¡Lilah, espera!

Ella, que estaba pasando en ese momento frente a la capilla del hospital, se dio la vuelta.

–¿Qué?

–¿Qué te ocurre, Lilah?

–Nada, ya te he dicho que vuelvo al hotel.

–Espera, iré contigo.

–No hay necesidad de seguir fingiendo, Carlos –dijo Lilah entonces en voz baja, sus ojos de color esmeralda estaban tan tristes que le rompían el corazón–. No voy a contarle la verdad a un hombre tan enfermo.

–No sé si entiendo lo que quieres decir.

–Según tu padre, tú lo convenciste para que aceptase el trasplante contándole que ibas a tener un hijo.

Carlos no podía negar que lo había hecho, pero tenía que encontrar la manera de borrar la tristeza que había en sus ojos.

–Intentaba darle una razón para vivir, lo que fuera...

–¿Lo que fuera? –Lilah se rió, pero en esa risa no había ni una gota de humor–. Mira, no deberíamos hablar de eso ahora. Los dos estamos agotados y tú debes estar con tu familia.

–Estoy aquí, contigo.

–¿Durante cuánto tiempo? No, déjalo, olvida que he dicho eso.

–No –replicó Carlos. Había manipulado la situación, era verdad, pero en cierto modo había sido lo mejor para todos–. No veo por qué eso me convierte en el malo.

–No es sólo culpa tuya, también es culpa mía –dijo Lilah–. He sido tan crédula... sólo ha pasado una semana desde que te di la noticia de que ibas a tener un hijo. Y está claro que tú no te emocionaste en absoluto.

–¿Crees que me he casado contigo por algún motivo oculto?

–Tu padre se niega a aceptar un trasplante que podría salvarle la vida y entonces, como por arte de magia, tú le das una razón para vivir. Gracias al hijo que espero y con el que tú nunca has sentido la menor conexión.

Carlos ni siquiera se molestó en refutar el argumento. Lilah era una mujer noble y él la había tratado de manera innoble. Y se sentía avergonzado.

Había desaprovechado su oportunidad de tener una vida con el hijo que nunca pensó que tendría y esa pérdida le rompía el corazón. Su hijo sería un milagro aún mayor que haber podido volver a caminar y, en lugar de hacer todo lo posible para merecerlo, se había pasado la última semana engañando a la mujer que iba a hacer realidad ese milagro.

–Lilah, lo siento –se disculpó, con total sinceridad.

–La disculpa llega un poco tarde. Me temo que ya no puedo creerte.

Carlos vio que se daba la vuelta y seguía caminando por el pasillo.

Su esposa lo había abandonado.

***

Lilah entró en la capilla conteniendo las lágrimas. ¿De verdad acababa de abandonar a su marido? No había querido decirle nada en el hospital, pero Carlos la había presionado hasta que tuvo que decírselo. Hasta que por fin fue sincera con él como debería haberlo sido desde el principio.

Nerviosa, tocó el anillo que llevaba en el dedo, el precioso anillo que había recibido con tanta ilusión. Una herencia familiar que costaba una fortuna y que no le pertenecía.

Tendría que devolvérselo a Carlos antes de marcharse de Florida, pensó.

Lilah miró los diamantes, la luz que entraba por las vidrieras de la capilla los hacía brillar más que nunca. Pero ese brillo contrastaba con la oscuridad de su corazón.

Suspirando, se dejó caer sobre un banco y cerró los ojos, agotada. Pero sabía que no soñaría con Carlos esperándola con los brazos abiertos.

Con la discusión aún dando vueltas en su cabeza, Carlos fue a visitar a Antonio a la sala de recuperación, pero su hermano seguía bajo los efectos de la anestesia.

Sólo tenía ocho años menos que él, pero cuando lo miraba, seguía viendo al niño que era cuando escaparon de San Rinaldo…

Carlos tenía en la mano el reloj de su padre, el

que le había dado a Antonio, y recordó esa noche, cuando estaban preparándose para escapar de San Rinaldo. Enrique se lo había entregado al menor de sus hijos diciéndole que lo guardase hasta que volvieran a encontrarse.

Y Antonio lo había apretado contra su pecho mientras se envolvía en la manta de cachemir que había tejido su madre, diciendo que la manta era su escudo.

Pero entonces los rebeldes atacaron cuando estaban a punto de llegar al barco que los sacaría de la isla. Estaban en un parque, un sitio tan aparentemente inofensivo...

Duarte y Antonio creían estar en el bosque, pero eran niños entonces y su percepción de la realidad era engañosa.

Cuando empezó el ataque, Carlos le dijo a Duarte que cuidase de Antonio mientras él, el mayor, protegería a su madre. Duarte había tenido éxito, él no.

Y ahora Antonio había salvado la vida de su padre.

El pequeño de los Medina de Moncastel ya no era tan pequeño, pensó.

Habían cambiado muchas cosas desde su huida de San Rinaldo. Sin embargo, en aquel momento podría haber jurado que seguía allí, ese mismo día, con un hogar y una familia que no podría recuperar nunca.

¿Era tan raro que también hubiese fracasado con Lilah?

Su hermano abrió los ojos en ese momento y Carlos se obligó a sí mismo a sonreír.

–Hola.

–¿Nuestro padre...? –preguntó Antonio con voz ronca.

–Está bien, todo ha ido bien.

–Gracias por venir a verme, ¿pero no tienes una esposa esperándote en algún sitio? –le preguntó su hermano, tan bromista como siempre incluso en las peores circunstancias.

–Lilah está... en el hotel.

Antonio levantó una ceja.

–Nunca has sabido mentir.

–Y tú no sabes ser un buen paciente –Carlos puso una gasa en su mano–. Ponte esto en la herida si te dan ganas de toser. Toser es bueno, expande los pulmones. Practica un poco mientras voy a buscar a Shannon...

–Espera un momento. No te pongas en plan médico conmigo. Siempre haces eso cuando te sientes incómodo.

Su hermano pequeño definitivamente ya no era pequeño, pensó Carlos. Pero no quería cargarlo con sus problemas y menos en ese momento.

–Tengo que ir a...

–¿Qué ha pasado?

–Lilah cree que me he casado con ella sólo para que nuestro padre aceptase el trasplante.

–¿Y es verdad? No te estoy juzgando, sólo quiero saberlo.

–En parte, pero no del todo –le confesó Carlos–. Está embarazada. Aparentemente, también yo puedo tener hijos.

–Enhorabuena, hermano. Pero, conociéndote, me imagino que se te ha olvidado decirle que la quieres, ¿no? No sé si los demás se darán cuenta, pero para tu familia es evidente que estás loco por ella.

Carlos cerró los ojos un momento. Lo estaba, era cierto. Estaba enamorado de Lilah desde siempre. Desde que ella lo obligó a salir de las sombras del pasado y a enfrentarse al futuro. Enfrentarse al riesgo de amar y de perder a la persona amada.

–Deberías descansar…

–Carlos –lo interrumpió Antonio, su voz ronca estaba llena de autoridad–. A las mujeres les gusta escuchar esas cosas. A menos que tengas miedo de decirlo.

–Llamarme gallina no va a funcionar, ya no estamos en un patio de colegio.

–Tal vez no, pero yo recuerdo cómo me motivó a mí.

–¿Qué dices?

–Tú nos sacaste de San Rinaldo. Cuando mamá murió… tú nos sacaste de allí. Me dijiste que dejase de ser un gallina y me moviera de una vez. Duarte y yo hubiéramos muerto aquel día de no ser por ti. Sé que te duele no ser tú quien haya donado una parte del hígado a papá, pero oye… no se puede ser un héroe todos los días. Tampoco está mal ser una persona normal de vez en cuando.

¿Su hermano lo veía como un héroe?

Él llevaba años cargando con su fracaso, con el miedo de haberlos defraudado a todos…

Y había dejado que ese miedo evitara que viese lo que tenía delante de los ojos: una mujer asombrosa. Amaba a Lilah y había llegado el momento no sólo de demostrárselo, sino de decírselo.

Y no pararía hasta que lo creyese.

***

Debía de estar soñando, pensó Lilah. De otro modo, ¿cómo podía estar mirando unos ojos llenos de amor?

Pero el duro banco de la capilla le parecía totalmente real. Parpadeó rápidamente, pero siguió viendo a Carlos a su lado, con los brazos cruzados, como si hubiera estado esperando que despertase.

Incorporándose un poco, se apartó el pelo de la cara.

–¿Qué haces aquí? ¿Le ha ocurrido algo a tu padre o a Antonio?

–No, no, los dos están bien. Han sido dos días muy largos, pero ésa no es excusa para tratarte como lo he hecho.

A Lilah se le aceleró el corazón, pero no iba a derretirse. Necesitaba algo más esa vez. No podía aceptar buenas palabras y seguir huyendo de la verdad. Su hijo merecía algo mejor.

Ella merecía algo mejor.

–¿Qué quieres decir?

–Vas a hacérmelo pasar mal, ¿verdad? –Carlos levantó una mano para tocar su anillo con gesto pensativo–. Lo he hecho todo mal desde el principio, Lilah. Desde que te di la espalda esa mañana, después de pasar la noche juntos, hasta el día que te pedí que te casaras conmigo. Lo siento muchísimo, de verdad. Lo siento más de lo que puedo expresar con palabras, pero prometo hacerlo mejor. Quiero ser tu marido a partir de este momento y para siempre. No por mi padre ni por el hijo que vamos a tener, sino porque mi vida no significa nada sin ti. Estaré a tu lado y al lado de nuestro hijo todos los días de mi vida. No puedo prometer que no me pondré antipático de vez en cuando, pero sí puedo prometer que compartiré mis sentimientos contigo.

Su tono de voz, la sinceridad que había en sus ojos, la dejaron atónita. Aquello era mucho más de lo que había esperado, mucho más de lo que había soñado encontrar con aquel hombre tan circunspecto.

–No me importa que te pongas antipático y serio de vez en cuando –Lilah le apretó la mano, animándolo a continuar.

–Agradezco que me hayas ayudado siempre a no hundirme del todo en el abismo. Te agradezco que no me dejaras perderme en el trabajo hasta que me olvidaba de tener contacto con la gente –siguió él, con su voz grave haciendo eco en la capilla–. Más que mi amante, mi esposa y la madre de mi hijo, tú eres mi amiga. Eres la única persona que puede rescatarme de una vida de total soledad.

Los ojos de Lilah se llenaron de lágrimas y tuvo que aclararse la garganta antes de hablar:

–Para ser un hombre de pocas palabras, eres muy poético cuando quieres.

–Ser poético con la mujer de la que estoy locamente enamorado es mucho más fácil de lo que yo creía.

«Enamorado».

De todas las palabras que podría haber elegido, aquélla era la única que Lilah había estado esperando.

–Ojalá yo pudiera decirte cosas tan bonitas, pero ahora mismo en lo único que puedo pensar es en lo aliviada que me siento, porque yo también te quiero –le confesó, tomando su cara entre las manos–. Me vuelve loca tu brillante cerebro de cirujano… y tus maravillosas manos y que dediques tu vida a tus pacientes cuando podrías haber tomado un camino mucho más fácil. Eres un hombre asombroso y estoy deseando amarte durante el resto de mi vida.

–Eso es lo que esperaba escuchar, pero no me atrevía a creerlo.

Carlos la besó, olvidando que estaban en una capilla, y la sinceridad que había en aquel beso hablaba tan claramente de su amor que Lilah se preguntó cómo era posible que no se hubiera dado cuenta antes.

–¿Quieres casarte conmigo otra vez? ¿Aquí mismo?

–Claro que sí, amor mío –le dijo a su príncipe, a su marido–. Me casaré contigo donde tú quieras.

Epílogo

Ocho meses después

Carlos paseaba por el dormitorio de la mansión en la isla, acariciando la espalda de su hijo mientras le cantaba en voz baja para hacerlo dormir. Pero no una nana, sino una vieja canción de Frank Sinatra que parecía funcionar igual de bien.

Sujetando la cabecita del niño, que había cumplido siete semanas, Carlos lo metió con cuidado en la cuna. Pero no podía apartarse. Mirar a su hijo se había convertido en su pasatiempo favorito. Estudiar el milagro de esas manos perfectas pero diminutas podía tenerlo como hipnotizado durante horas. Estaba loco por ese milagro con el que ni siquiera se había atrevido a soñar.

–A lo mejor tenemos un músico en la familia –murmuró, mirando sus largos deditos–. ¿Tú qué crees, Enrique?

Lilah había insistido en ponerle el nombre de su abuelo.

El viejo rey se había recuperado del trasplante con sorprendente rapidez y estaba lleno de vida una vez más, tal vez porque deseaba pasear por la playa con sus nietos: Enrique y Ginger, la hija de Eloísa.

El pequeño Enrique dejó escapar un suspiro, relajando los bracitos, señal de que estaba profundamente dormido. Carlos sonrió ante lo bien que conocía esas señales.

Lilah había decidido tomarse un año de excedencia en el hospital para cuidar del niño, pero Carlos iba a comer a casa cada día para estar con su familia y para que ella pudiese descansar un rato. Le encantaba estar con ellos.

La boda de Duarte y Kate, que había tenido lugar aquella tarde, debía de haber dejado agotado a Enrique y no despertaría hasta el día siguiente, pensó.

Las reuniones de los Medina de Moncastel eran algo habitual ahora porque tenían mucho que celebrar y la mansión había estado llena de gente durante la última semana. El bautizo de Enrique había reunido también a la familia de Lilah y, aunque seguía teniendo reservas sobre su padre, sabía que disfrutaba al verlo tan contento con su nieto.

Pero había llegado el mejor momento del día, el momento de estar a solas con su mujer. Carlos besó a su hijo en la frente y salió de la habitación sin hacer ruido para dirigirse al cuarto de baño, donde podía escuchar el grifo de la ducha.

Después de quitarse la corbata, tomó una rosa de uno de los jarrones y entró en el baño.

–Tengo que hablar contigo –repitió las palabras que había pronunciado Lilah ocho meses antes, cuando lo dejó asombrado con su valentía al ir a buscarlo al vestuario de caballeros del hospital–. Y éste es el único sitio en el que podemos estar a solas en una mansión llena de gente y con nuestro hijo durmiendo en la habitación de al lado.

Lilah estaba en la ducha y, cuando se dio la vuelta, Carlos pudo apreciar que la maternidad le sentaba de maravilla. Aunque él lo sabía bien.

–Bueno, pues tienes toda mi atención –dijo ella, con una sonrisa.

Carlos se quitó la chaqueta del esmoquin y el pantalón a velocidad de vértigo y se metió en la ducha con la rosa en la mano, dispuesto a explorar las nuevas y más pronunciadas curvas de su mujer.

–Y voy a hacer lo posible para que me prestes atención durante toda la noche.

–¿Voy a recibir otro de tus maravillosos masajes terapéuticos? –Lilah le echó los brazos al cuello, apretándose contra él.

–El mejor masaje hasta la fecha –dijo él, cortando el tallo de la rosa y tirándolo fuera de la ducha.

Luego, tomó una pastilla de jabón francés para hacer una mezcla de jabón y pétalos de rosa y pasó la fragante mezcla por la deliciosa piel de Lilah.

–Ummm... –murmuró ella, encantada–. Deberíamos asegurar esas manos. Soy una mujer afortunada por haberte encontrado.

–No, yo soy el afortunado y te aseguro que no lo olvido ni un solo momento –Carlos tomó su cara entre las manos–. Te quiero, señora Medina de Moncastel.

–Y yo te quiero a ti, doctor Medina de Moncastel.